Nuevas aportaciones a la interpretación de los sueños

Biblioteca Freud

Sigmund

Freud

Nuevas aportaciones a la interpretación de los sueños

El libro de bolsillo
Biblioteca de autor
Alianza Editorial

Título original: *Die Grenzen der Deutbarkeit.–Die Sittliche Verantwortung für den Inhalt der Träume.–Die okkulte Bedeutung des Traumes.–Ein Traum als Beweismittel.–Märchenstoffe in Träumen.–Darstellung der «Grossen Leistung» in Traum.–Ergänzungen zur Traumlehre.–Traum und Telepathie.–Bemerkungen zur Theorie und Praxis der Traumdeutung.–Josef Popper-Lynkeus und die Theorie des Traumes.–Descartes, le Philosophe au Masque.–Meine Berührung mit Josef Popper-Lynkeus.–Revision der Traumlehre.–Traum und Okkultismus.*

Traductores: De *Revisión de la teoría de los sueños* y *Sueño y ocultismo:* Luis López-Ballesteros y de Torres. De los restantes trabajos: Ramón Rey Ardid.

Primera edición en «El Libro de Bolsillo»: 1973
Tercera reimpresión: 1986
Primera edición en «Biblioteca de autor»: 2005

Diseño de cubierta: Alianza Editorial
Proyecto de colección: Odile Atthalin y Rafael Celda
Ilustración de cubierta: Eugenio Granell, *Armida* (fragmento).
© Eugenio Granell, VEGAP, Madrid, 2005

Calle Juan Ignacio Luca de Tena, 15; 28027 Madrid; teléf. 91 393 88 88
www.alianzaeditorial.es
ISBN: 84-206-5888-X
Depósito legal: M. 6.408-2005
Compuesto e impreso en Fernández Ciudad, S. L.
Printed in Spain

Los límites de la interpretabilidad de los sueños*

El problema de si cada uno de los productos que nos ofrece la vida onírica puede ser traducido completa e inequívocamente a la modalidad expresiva de la vida diurna (interpretación) no ha de ser tratado en forma abstracta, sino refiriéndolo a las condiciones en las cuales se lleva a efecto la interpretación de los sueños.

Nuestras actividades mentales tienden a un fin útil, o bien a un inmediato beneficio placentero. En el primer caso se trata de decisiones intelectuales, de preparativos para la acción o de comunicaciones a otras personas; en el segundo las denominamos «juegos» o «fantasías». Como sabemos, también lo práctico y lo útil sólo es un rodeo para alcanzar la satisfacción plancentera. Ahora bien: el soñar es una actividad perteneciente al segundo orden, que filogenéticamente es en realidad el más primitivo. Sería erróneo decir que el sueño procura resolver las tareas inminentes de la existencia o que trata de solucionar problemas de la actividad diurna, pues éstas son atri-

* 1925.

buciones del pensamiento preconsciente. Semejante propósito práctico es tan ajeno al sueño como lo es el preparativo de una comunicación al prójimo. Cuando el sueño se ocupa con una tarea de la existencia, la soluciona en una forma que corresponde a un deseo irracional, y no de acuerdo con la reflexión sensata. Al sueño no puede atribuírsele más que un propósito útil, una sola función: la de evitar la interrupción de dormir. El sueño puede ser calificado como un trozo de fantasía puesto al servicio de la conservación del reposo.

De ello se desprende que en el fondo al *yo* durmiente no le importa qué sueña durante la noche, siempre que el sueño cumpla la tarea que le concierne; además, puede deducirse que aquellos sueños de los cuales nada se recuerda al despertar son los que mejor han cumplido su función. Si con tal frecuencia sucede de otro modo, si recordamos los sueños -aun durante años o decenios-, ello comporta cada vez una irrupción de lo inconsciente reprimido al *yo* normal. En tales casos, lo reprimido no se ha mostrado dispuesto a colaborar en la eliminación del amenazante trastorno del reposo, a menos que se le concediera esa compensación. Sabemos que el sueño deriva precisamente de esta irrupción la importancia que tiene para la psicopatología. Cuando podemos revelar su motivo impulsor obtenemos una insospechada información sobre las tendencias reprimidas en el inconsciente; por otra parte, cuando anulamos sus deformaciones tenemos oportunidad de vislumbrar el pensamiento preconsciente en un estado tal de concentración interior que durante la vida diurna jamás se habría atraído la atención de la consciencia.

Nadie puede practicar la interpretación onírica como actividad aislada; ésta siempre será una parte de la labor analítica. En el curso de la misma dirigimos nuestro interés, según sea necesario, ora al contenido onírico preconsciente, ora a la participación inconsciente en la génesis onírica, y muchas veces descuidamos uno de estos elementos en favor del otro. Por otra parte, de nada serviría que alguien se propusiera deliberadamente interpretar sueños fuera del análisis, pues tampoco así lograría escapar a las condiciones de la situación analítica; y si se dedicara a elaborar sus propios sueños, no haría sino emprender su propio autoanálisis. Esta limitación no rige para quien renuncie a la colaboración del soñante, pretendiendo alcanzar la interpretación de los sueños mediante su captación intuitiva. Pero semejante interpretación onírica, que prescinde de las asociaciones del soñante, aun en el mejor de los casos, no pasa de ser un virtuosismo anticientífico, cuyo valor es muy dudoso.

Al practicar la interpretación de los sueños de acuerdo con el único procedimiento técnico que puede justificarse, pronto se advierte que el éxito depende enteramente de la tensión que la resistencia crea entre el *yo* despierto y lo inconsciente reprimido. La labor realizada bajo «alta presión de resistencia» exige del analista, como lo expuse en otra oportunidad[1], una conducta distinta de la que conviene frente a una presión reducida. En el análisis es menester enfrentarse durante mucho tiempo con fuertes resistencias, mientras aún no son conocidas; resistencias que, en todo caso, no podrán ser superadas mientras permanezcan incógnitas. Así, pues, no es de extrañar si de las producciones oníricas del paciente sólo se llega a utilizar y a interpretar una pequeña parte, y aun ésta, por lo general, tan sólo incompletamente. Aunque a través de la propia práctica se llegue a la situación de comprender muchos sueños para cuya interpretación el soñante sólo haya suministrado escasos elementos, debe recordarse, sin embargo, que la seguridad de semejantes interpretaciones es dudosa, y se adoptará gran cautela al imponer tales presunciones al paciente.

Se podrá aducir la objeción crítica de que siendo imposible llegar a la interpretación de todos los sueños que se elaboran, no se tendría derecho a afirmar más que lo sustentable, de modo que se impondría la siguiente formulación limitada: en algunos sueños aislados la interpretación demuestra que tienen sentido; en otros no se puede saber si lo tienen. Pero justamente el hecho de que el éxito de la interpretación esté subordinado a la resistencia permite al analista superar tal modestia forzosa. En efecto, se puede hacer la experiencia de que un sueño, incomprensible al principio, se torne transparente aun en la misma sesión, una vez que se haya logrado eliminar una resistencia del paciente mediante su feliz discusión. Sucede entonces que al paciente se le ocurre de pronto un trozo olvidado del sueño que ofrece la clave de la interpretación, o bien surge una nueva asociación, con cuya ayuda se iluminan las sombras. También puede suceder que, luego de meses o años de esfuerzos analíticos, se retorne a un sueño que al comenzar el tratamiento parecía carente de sentido e incomprensible y que ahora se presenta con plena claridad a través de los conocimientos adquiridos en el ínterin. Si a esto se agrega el argumento prestado por la teoría de los sueños, según el cual las ejemplares producciones oníricas de los niños siempre tienen sentido y son fácilmente interpretables, entonces será justificado afirmar que, en general, el sueño es una formación psíquica interpretable, pese a que las circunstancias no siempre permitan alcanzar la interpretación.

Una vez hallada la interpretación de un sueño, no siempre es fácil decidir si es «completa», es decir, si no existen otros pensamientos preconscientes que hayan logrado expresión en el mismo sueño. En tal caso debe considerarse demostrado aquel de los sentidos que esté abonado por las asociaciones del soñante y por nuestra apreciación de la situación general, sin que por ello siempre sea lícito rechazar el otro sentido probable. Éste sigue siendo posible, aunque no demostrado, de modo que es preciso familiarizarse con el hecho de esta significación múltiple que ofrecen los sueños. Por otra parte, aquélla no siempre es achacable al carácter parcial de la labor interpretativa, pues con idéntica probabilidad puede estar implícita en las propias ideas latentes. Además, también en la vida diurna y fuera de las circunstancias de la interpretación onírica se da el caso de que subsista nuestra duda con respecto a si una expresión oída o una información obtenida aceptan tal o cual interpretación, o si, además de su sentido evidente y manifiesto, no significan quizá alguna otra cosa.

Aún se han estudiado demasiado poco los interesantes casos en que un mismo contenido onírico manifiesto expresa, simultáneamente, una serie de representaciones concretas y otra de ideas abstractas basadas en aquéllas. Naturalmente, la elaboración onírica tropieza con dificultades al tratar de hallar medios de representación para las ideas abstractas.

La responsabilidad moral por el contenido de los sueños*

En el apartado inicial de «La literatura científica sobre los problemas oníricos» expuse la forma en que los distintos autores reaccionan ante el hecho, tan desagradable para ellos, de que el licencioso contenido de los sueños contradiga con tal frecuencia la sensibilidad moral del soñante. (Evito expresamente toda referencia a los sueños «criminales», pues considero del todo superflua esta denominación, que sobrepasa los límites del interés psicológico.) Naturalmente, la índole inmoral de los sueños trajo un nuevo motivo para rechazar la valoración psíquica del sueño, pues si éste fuese un producto sin sentido de la actividad psíquica perturbada, quedaría eliminado todo motivo para asumir responsabilidad alguna por su contenido aparente.

Este problema de la responsabilidad por el contenido onírico manifiesto ha sido completamente desplazado y aun eliminado por las revelaciones que ofrece *La interpretación de los sueños.*

* 1925.

En efecto, sabemos ahora que el contenido manifiesto no es sino un ilusorio artificio, una mera fachada. No vale la pena someterlo a un examen ético ni considerar sus violaciones de la moral más seriamente que las dirigidas contra la lógica y la matemática. Al hablar del *contenido* onírico, únicamente es admisible referirse al contenido de los pensamientos preconscientes y al de los deseos reprimidos que la interpretación logra revelar tras la fachada del sueño. No obstante, también esta fachada inmoral tiene un problema que plantearnos, pues ya nos hemos enterado de que las ideas oníricas latentes deben pasar por una severa censura antes de que se les conceda acceso al contenido manifiesto. ¿Cómo es posible, pues, que esta censura inflexible en general para las más leves transgresiones fracase tan rotundamente en los sueños manifiestamente inmorales?

No es fácil hallar la respuesta, y, en definitiva, ésta quizá no pueda ser del todo satisfactoria. Para empezar será preciso someter estos sueños a la interpretación, comprobándose entonces que algunos de ellos no ofendieron a la censura, simplemente porque en el fondo no contenían nada malo. No son más que bravatas inocentes, identificaciones que pretenden simular una máscara; no fueron censurados porque no decían la verdad. Otros, en cambio –confesémoslo: la inmensa mayoría–, realmente significan lo que pregonan y, sin embargo, no han sido deformados por la censura. Son expresiones de impulsos inmorales, incestuosos y perversos, o de deseos homicidas y sádicos. Frente a algunos de estos sueños el soñante reacciona despertándose angustiado; en tal caso, la situación ya no da lugar a dudas. La censura ha dejado de actuar, el peligro fue advertido demasiado tarde y el despliegue de angustia viene a representar el sucedáneo de la deformación omitida. En otros casos también falta esta expresión afectiva; el contenido ofensivo es impulsado entonces por la intensidad de la excitación sexual, exacerbada al dormir, o bien goza de la tolerancia con que aun el hombre despierto puede aceptar un acceso de rabia, un estado de ira o el goce de una fantasía cruel.

Pero nuestro interés por la génesis de estos sueños *manifiestamente* inmorales queda notablemente reducido al enterarnos por el análisis de que la mayoría de los sueños –los inocentes, los exentos de afecto y los sueños de angustia– resultan ser, una vez anuladas las deformaciones impuestas por la censura, satisfacciones de deseos inmorales: egoístas, sádicos, perversos, incestuosos. Tal como sucede en la vida diaria, estos delincuentes disfrazados son incomparablemente más numerosos que los que actúan a cara descubierta. El sueño sincero y franco de una relación sexual con la madre, que Yocasta recuerda en *Edipo rey,* es una verdadera rareza en comparación con los múltiples sueños que el psicoanálisis no puede menos de interpretar en el mencionado sentido.

En el presente libro ya me he referido tan minuciosamente a este carácter de los sueños –motivo, en el fondo, de la deformación onírica–, que en esta ocasión podré abandonar rápidamente los hechos respectivos para dirigirme al problema que éstos nos plantean: ¿es preciso asumir la responsabilidad por el contenido de sus sueños? Fieles a la integridad, sólo hemos de agregar que el sueño no siempre presenta realizaciones de deseos inmorales, sino que frecuentemente también contiene enérgicas reacciones contra aquéllos, en forma de los «sueños de castigo». En otros términos, la censura onírica no sólo puede manifestarse en deformaciones y en despliegues de angustia, sino que también puede exacerbarse a punto tal, que anula por completo el contenido inmoral, sustituyéndolo por otro de índole punitiva, pero que aún permite reconocer el primero. Mas el problema de la responsabilidad por el contenido onírico inmoral ya no existe para nosotros, en el sentido que lo aceptaban los autores que nada sabían aún de las ideas latentes y de lo reprimido en nuestra vida psíquica. Desde luego, es preciso asumir la responsabilidad de sus impulsos oníricos malvados. ¿Qué otra cosa podría hacerse con ellos? Si el contenido onírico –correctamente comprendido– no ha sido inspirado por espíritus extraños, entonces no puede ser sino una parte de mi propio ser. Si pretendo clasificar, de acuerdo con cánones sociales, en buenas y malas las tendencias que en mí se encuentran, entonces debo asumir la responsabilidad para ambas categorías, y si, defendiéndome, digo que cuanto en mí es desconocido, inconsciente y reprimido no pertenece a mi *yo,* entonces me coloco fuera del terreno psicoanalítico, no acepto sus revelaciones y me expongo a ser refutado por la crítica de mis semejantes, por las perturbaciones de mi conducta y por la confusión de mis sentimientos. He de experimentar entonces que esto, negado por mí, no sólo «está» en mí, sino que también «actúa» ocasionalmente desde mi interior.

En sentido metapsicológico, empero, esto, lo reprimido, lo malvado, no pertenece a mí *yo* –siempre que yo sea un ser moralmente intachable–, sino a mi *ello,* sobre el cual cabalga mi *yo.* Pero este *yo* se ha desarrollado a partir del *ello;* forma una unidad biológica con el mismo; no es más que una parte periférica, especialmente modificada, de aquél; está subordinado a sus influencias; obedece a los impulsos que parten del *ello.* Para cualquier finalidad vital sería vano tratar de separar el *yo* del *ello.*

Además, ¿de qué me serviría ceder a mi vanidad moral, pretendiendo decretar que en cualquier valoración ética de mi persona me estaría permitido desdeñar todo lo malo que hay en el *ello*, sin necesidad de responsabilizar al *yo* por esos contenidos? La experiencia me demuestra que, no obstante, asumo esa responsabilidad, que de una u otra manera me veo compelido a asumirla. El psicoanálisis nos ha dado a conocer un estado patológico –la neurosis obsesiva– en el cual el infortunado *yo* se siente culpable por toda clase de impulsos malvados de los que nada sabe, con los cuales le es imposible identificarse, pese a que conscientemente se ve enfrentado a ellos. Un poco de esto existe en todo ser normal. Su «conciencia moral» es, curiosamente, tanto más sensible cuanto más moral sea quien la lleva. Trátese de imaginar, a manera de equivalente, que un hombre sea tanto más «achacoso», tanto más propenso a infecciones y a influjos traumáticos, cuanto más *sano* fuere. Aquel efecto paradójico seguramente obedece a que la misma conciencia moral es una formación reactiva frente a todo lo malo que se percibe en el *ello*. Cuanto más fuertemente se lo reprima, tanto más activa será la conciencia moral.

El narcisismo ético del hombre debería conformarse con el hecho de que la deformación onírica, los sueños angustiosos y los punitivos representan otras tantas pruebas de su esencia moral, pruebas no menos evidentes que las suministradas por la interpretación onírica en favor de la existencia y la fuerza de su esencia malvada. Quien, disconforme con esto, quiera ser «mejor» de lo que ha sido creado intente llegar en la vida más allá de la hipocresía o de la inhibición. El médico dejará para el jurista la tarea de establecer para los fines sociales una responsabilidad arbitrariamente restringida al *yo* metapsicológico. Todos sabemos cuán difícil es deducir de esta construcción artificiosa consecuencias prácticas que no violen los sentimientos humanos.

La significación ocultista del sueño*

El hecho de que aún no logremos vislumbrar el término de los problemas que plantea la vida onírica sólo puede asombrar a quien haya olvidado que todos los problemas de la vida psíquica también aparecen en el sueño, además de algunos nuevos que corresponden a la índole particular de éste. Sin embargo, muchos de los fenómenos que estudiamos en el sueño, simplemente porque en él se nos manifiestan, nada o muy poco tienen que ver con esta peculiaridad psíquica del mismo. Así, por ejemplo, el simbolismo no es un problema genuinamente onírico, sino un tema de nuestro pensamiento arcaico, de nuestro «lenguaje fundamental», según la acertada expresión del paranoico Schreber[1]. Domina el mito y el ritual religioso en medida no menor que el sueño, y apenas si le queda al simbolismo onírico la particularidad de ocultar, ante todo, cuanto tiene importancia sexual. Tampoco el sueño de angustia puede ser explicado mediante la teoría onírica, pues la ansiedad es más bien un problema de las neu-

* Publicado el año 1925 en la revista *Imago*.

rosis, quedando sólo por establecer cómo llega a originarse bajo las condiciones del soñar.

Según creo, tampoco es otra la situación en lo que se refiere a la relación entre el sueño y los pretendidos hechos del mundo esotérico. Pero dado que el sueño siempre tiene algo de misterioso, se lo ha vinculado íntimamente con aquellos otros misterios aún ignotos. Además, el sueño tiene cierto derecho histórico a ser juzgado así, pues en las épocas primitivas que presenciaron la formación de nuestra mitología las imágenes oníricas deben de haber intervenido, por cierto, en la génesis de las representaciones animistas.

Pretendese que existen dos categorías de sueños atribuibles a fenómenos ocultos: los proféticos y los telepáticos. En favor de ambos aboga una innumerable cantidad de testimonios; contra ambos, la tenaz aversión o, si se quiere, el prejuicio de la ciencia.

La existencia de sueños proféticos, en el sentido de que su contenido represente una figuración cualquiera del futuro, no puede ser puesta en duda; pero aún queda por establecer si estas profecías coinciden en alguna forma notable con lo que más tarde sucede en realidad. Confieso que frente a este caso fracasan mis propósitos de imparcialidad. La presunción de que cualquier poder psíquico, salvo un cálculo agudísimo, sea capaz de prever en sus detalles los sucesos futuros, contradice demasiado, por una parte, todas las hipótesis y los postulados de la ciencia, y por la otra, satisface con excesiva fidelidad antiquísimos y bien conocidos deseos colectivos de la humanidad, que la crítica se ve obligada a rechazar como pretensiones injustificables. Creo, pues, que si confrontamos la incertidumbre, la ingenuidad y la inverosimilitud de la mayoría de los testimonios respectivos con la posibilidad de que éstos representen deformaciones de la memoria facilitadas por factores afectivos y con los inevitables aciertos casuales aislados, entonces podemos esperar que el fantasma de los sueños proféticos realizados se esfume en la nada. Personalmente, jamás experimenté ni observé nada que pudiera despertar en mí un prejuicio más favorable a estos fenómenos.

Muy distinto es lo que sucede con los sueños telepáticos; pero al respecto cabe advertir, ante todo, que nadie afirmó todavía que los fenómenos telepáticos –la recepción de un proceso psíquico ajeno por una persona que lo capta a través de una vía distinta de la percepción sensorial– ocurran exclusivamente en el sueño. Por consiguiente, tampoco la telepatía es un problema onírico, y el juicio sobre su existencia no precisa fundarse en el estudio de los sueños telepáticos.

Si sometemos los testimonios sobre fenómenos telepáticos (incorrectamente llamados «transmisión del pensamiento») a la misma crítica que nos ha servido para refutar otras afirmaciones ocultistas, comprobamos que subsiste un apreciable material que ya no es tan fácil descartar. Además, en este terreno es mucho más fácil recoger observaciones y experiencias personales que justifiquen una actitud más favorable frente al problema de la telepatía, aunque no basten para sustentar una convicción segura. Podemos dejar sentado, por ahora, que sería muy posible que la telepatía exista realmente y que forme el núcleo verdadero de muchas otras presunciones, increíbles de otra manera.

Seguramente convendrá defender con tenacidad una posición escéptica también frente a la telepatía, resistiéndose a ceder ante el peso de las pruebas. Creo haber hallado un material que se sustrae a la mayoría de los reparos vigentes en otros casos: me refiero a las profecías no cumplidas de los agoreros profesionales. Desgraciadamente, sólo dispongo de pocas observaciones semejantes, pero entre ellas dos me han producido fuerte impresión. Me está privado describirlas con detalles suficientes como para que también puedan ejercer sobre otros el efecto que me produjeron; no obstante, me limitaré a señalar algunos puntos esenciales.

En suma, pues, las personas a que me refiero se habían encontrado en algún lugar alejado de su residencia habitual con un adivino que les era desconocido y que, con un acompañamiento de prácticas quizá diferentes, les había presagiado algo para determinada fecha, y ese algo no había sucedido; además, el plazo de la profecía había vencido mucho tiempo antes. Era notable que mis informantes en lugar de reaccionar con sarcasmo y desengaño, narraban su experiencia con evidente agrado. En las profecías que se les había formulado existían determinados detalles, al parecer arbitrarios e incomprensibles, que sólo se habrían justificado si realmente hubiesen sucedido los hechos. Así, por ejemplo, cierto quiromante dijo a una señora de veintisiete años, pero de apariencia mucho más joven y desprovista de su anillo de matrimonio, que aún se casaría y que a los treinta y dos años tendría dos hijos. La señora tenía cuarenta y tres años cuando, habiendo enfermado gravemente y encontrándose en análisis, me contó este sucedido; aún no había tenido hijos. Conociendo su historia íntima, seguramente ignorada por el «Professeur» que encontró en el vestíbulo de un hotel parisiense, se podían comprender ambas cifras mencionadas en la profecía. La joven se había casado después de una fijación paterna extraordinariamente intensa y había anhelado tener hijos para poder colocar a su marido en lugar del padre. Luego de varios años de defraudación y encontrándose ya a las puertas de la neurosis, se procuró el presagio que le prometía... ¡compartir el destino de su madre! En efecto, ésta había tenido realmente dos hijos a la edad de treinta y dos años. Así fue posible interpretar racionalmente, con ayuda del psicoanálisis, las particularidades de un mensaje aparentemente emanado del exterior. Aceptando tal interpretación, empero, la mejor forma de aclarar toda la situación, tan inequívocamente establecida, consistía en aceptar que un fuerte deseo de la paciente –en realidad, el deseo inconsciente más poderoso de su vida afectiva y el motor de su neurosis incipiente– se habría manifestado por transmisión directa al adivino, ocupado con ciertas maniobras que distraían su atención.

También en experiencias realizadas en círculos íntimos he obtenido a menudo la impresión de que no es difícil transmitir recuerdos de intenso acento afectivo. Si uno se atreve a elaborar analíticamente las asociaciones de las personas a las cuales se quiere transmitir algo, frecuentemente surgen coincidencias que de otro modo habrían pasado inadvertidas. Múltiples experiencias me llevan a deducir que tales transmisiones son particularmente fáciles en el momento en que una idea surge de lo inconsciente; es decir, en términos teóricos, en cuanto pasa del «proceso primario» al «proceso secundario».

Pese a que la amplitud, la novedad y la incertidumbre del tema obligan a proceder con la mayor cautela, ya no estimo conveniente callar estas consideraciones sobre el problema de la telepatía. En cuanto a su relación con el sueño, se limita a lo que sigue. Si existen mensajes telepáticos, no se puede rechazar la posibilidad de que también lleguen al durmiente y sean captados por éste en el sueño.

Más aún: en analogía con otras observaciones sobre percepciones y pensamientos, también es verosímil que los mensajes telepáticos recibidos durante el día sólo lleguen a manifestarse en el sueño de la noche siguiente. En tal caso ni siquiera podría argumentarse contra la telepatía, basándose en que este material transmitido telepáticamente es deformado y elaborado en el sueño como si fuera otro cualquiera. Desde luego, bien quisiéramos lograr, con ayuda del psicoanálisis, más y mejor fundados conocimientos sobre la telepatía.

Prólogos a «La interpretación de los sueños»*

Prefacio a la primera edición (1900)

Al proponerme exponer la interpretación de los sueños no creo haber trascendido los ámbitos del interés neuropatológico, pues el examen psicológico nos presenta el sueño como primer eslabón de una serie de fenómenos psíquicos anormales, entre cuyos elementos subsiguientes, las fobias histéricas y las formaciones obsesivas y delirantes conciernen al médico por motivos prácticos. Desde luego, como ya lo demostraremos, el sueño no puede pretender análoga importancia práctica; pero tanto mayor es su valor teórico como paradigma, al punto que quien no logre explicarse la génesis de las imágenes oníricas, se esforzará en vano por comprender las fobias, las ideas obsesivas, los delirios, y por ejercer sobre estos fenómenos un posible influjo terapéutico.

Mas precisamente esta vinculación, a la que nuestro tema debe toda su importancia, es también el motivo de

* Alianza Editorial, Madrid, 2004 (1966).

los defectos de que adolece el presente trabajo, pues el frecuente carácter fragmentario de su exposición corresponde a otros tantos puntos de contacto, a cuyo nivel los problemas de la formación onírica toman injerencia en los problemas más amplios de la psicopatología, que no pudieron ser considerados en esta ocasión y que serán motivo de trabajos futuros, siempre que para ello alcancen el tiempo, la energía y el nuevo material de observación.

Además, esta publicación me ha sido dificultada por particularidades del material que empleo para ilustrar la interpretación de los sueños. La lectura misma del trabajo permitirá advertir por qué no podían servir para mis fines los sueños narrados en la literatura o recogidos por personas desconocidas; debía elegir, pues, entre mis propios sueños y los de mis pacientes en tratamiento psicoanalítico. La utilización de este último material me fue vedada por la circunstancia de que estos procesos oníricos sufren una complicación inconveniente debida a la intervención de características neuróticas. Por otra parte, la comunicación de mis propios sueños implicaba inevitablemente someter las intimidades de mi propia vida psíquica a miradas extrañas, en medida mayor de la que podía serme grata y de la que, en general, concierne a un autor que no es poeta, sino hombre de ciencia. Esta circunstancia era penosa pero inevitable, de modo que me sometí a ella para no tener que renunciar, en principio, a la demostración de mis resultados psicológicos. Sin embargo, no pude resistir, naturalmente, a la tentación de truncar muchas indiscreciones, omitiendo y suplantando algunas cosas; cada vez que procedí de tal manera no pude menos de perjudicar sensiblemente el valor de los ejemplos utilizados. Sólo me queda expresar la esperanza de que los lectores de este trabajo comprenderán mi difícil situación, aceptándola benévolamente, y espero, además, que todas las personas que se sientan afectadas por los sueños comunicados no pretenderán negar la libertad del pensamiento también a la vida onírica.

Prólogo de la segunda edición

El hecho de que aun antes de completarse el primer decenio haya sido necesario editar por segunda vez este libro de tan difícil lectura no se lo debo al interés de los círculos profesionales, a quienes me había dirigido con las presentes páginas. Mis colegas de la psiquiatría no parecen haberse esforzado por superar la extrañeza inicial que despertó mi nueva concepción del sueño; los filósofos de profesión, por su parte, acostumbrados a dar cuenta de la vida onírica cual si fuera un apéndice de los estados conscientes, concediéndole tan sólo unas pocas palabras –casi siempre las mismas que usan los psiquiatras–, no advirtieron, a todas luces, que precisamente este hilo conduce a muchas cosas que han de provocar un profundo trastrueque de nuestras doctrinas psicológicas. La actitud de la bibliocrítica científica sólo prometía para esta obra mía la condena del silencio; la primera edición de este libro tampoco habría sido agotada por el pequeño grupo de animosos prosélitos que siguen mi guía en la aplicación médica del psicoanálisis y que interpretan sueños de acuerdo con mi ejemplo, para utilizar estas interpretaciones en el tratamiento de los neuróticos. En consecuencia, estoy en deuda con ese vasto círculo de personas ilustradas y ávidas de saber cuyo apoyo es para mí una invitación a emprender otra vez, al cabo de nueve años, esta tarea difícil y de tan múltiples aspectos fundamentales.

Me complace poder decir que hallé pocos motivos para introducir modificaciones. Aquí y allá inserté nuevo material, agregué algunos conocimientos surgidos de mi experiencia más extensa, intenté revisiones en unos pocos puntos; mas todo lo esencial sobre el sueño y sobre su interpretación, así como las doctrinas psicológicas derivadas del mismo, no sufrieron cambio alguno; por lo menos subjetivamente, han resistido la prueba del tiempo. Quien conozca mis restantes trabajos (sobre la etiología y el mecanismo de las psiconeurosis) sabrá que jamás hice pasar lo fragmentario por algo acabado y que siempre me esforcé por modificar mis formulaciones de acuerdo con el progreso de mis conocimientos; en el terreno de la vida onírica, en cambio, pude atenerme a mis palabras originales. En los largos años de mi labor con los problemas de las neurosis, muchas veces llegué a vacilar y en múltiples ocasiones me encontré confundido, pero siempre recuperé mi seguridad acudiendo a *La interpretación de los sueños.* Por consiguiente, mis adversarios científicos dan muestras de instintiva prudencia al no querer seguirme justamente en el terreno de la investigación onírica.

También el material de este libro –estos sueños propios, desvalorizados o superados en gran parte por sucesos ulteriores, estos sueños que me sirvieron para ilustrar las reglas de la interpretación onírica– demostró poseer, al revisarlo, una tenacidad que se oponía a toda modificación contundente. Para mí, este libro tiene, en efecto, una segunda importancia subjetiva que sólo alcancé a comprender cuando lo hube concluido, al comprobar que era una parte de mi propio análisis, que representaba mi reacción frente a la muerte de mi padre, es decir, frente al más significativo suceso, a la más tajante pérdida en la vida de un hombre. Al reconocerlo me sentí incapaz de borrar las huellas de tal influjo. Mas para el lector será indiferente en qué material aprende a considerar y a interpretar los sueños.

Cuando no me fue posible incluir en el conexo original una observación ineludible, indiqué mediante corchetes su pertenencia a la segunda edición.

Berchtesgaden, verano de 1908.

Prólogo de la tercera edición

Mientras entre las dos primeras ediciones de este libro transcurrió un lapso de nueve años, la necesidad de una tercera edición ya se hizo notar a poco más del primer año. Bien puedo alegrarme por este cambio; pero tal como antes no acepté el desdén de mi obra por parte de los lectores como prueba de su escaso valor, tampoco puedo interpretar el interés ahora manifestado como demostración de su excelencia.

El progreso de los conocimientos científicos tampoco dejó de afectar a *La interpretación de los sueños.* Cuando redacté este libro en 1899, aún no había escrito *Tres ensayos sobre teoría sexual** y el análisis de las formas complejas de las psiconeurosis todavía estaba en sus comienzos. La interpretación onírica había de ser un recurso auxiliar que permitiera analizar psicológicamente las neurosis; desde entonces la comprensión profundizada de éstas repercutió a su vez sobre la concepción del sueño. La teoría misma de la interpretación onírica ha seguido desarro-

* Alianza Editorial, Madrid, 2003 (1967).

llándose en un sentido que no fue destacado suficientemente en la primera edición de este libro, pues, gracias a la propia experiencia como a los trabajos de W. Stekel y de otros, pude prestar una consideración más justa a la amplitud e importancia del simbolismo en el sueño, o más bien en el pensamiento inconsciente. De tal manera, en el curso de estos años se han acumulado muchas cosas que exigían ser consideradas. He tratado de tener en cuenta estas novedades mediante múltiples agregados al texto e inclusión de notas al pie. Si estas adiciones amenazan romper algunas veces el marco de la exposición, o si en ciertas partes no fue posible llevar el texto primitivo al nivel de nuestros actuales conocimientos, ruego se considere benévolamente tales faltas del libro, ya que sólo son consecuencias e índices del acelerado desarrollo que actualmente sigue nuestra ciencia.

También me atrevo a predecir en qué sentidos se apartarán de ésta las futuras ediciones de *La interpretación de los sueños* –siempre que resultaren necesarias–. Por un lado, habrán de perseguir una vinculación más estrecha con el rico material de la poesía, el mito, los usos del lenguaje y el folklore; por el otro, tratarán las relaciones del sueño con las neurosis y los trastornos mentales, aún más detenidamente de lo que aquí fue posible.

El señor Otto Rank me ha prestado grandes servicios en la selección de los agregados y ha tomado a su exclusivo cargo la corrección de las pruebas de imprenta. Tanto él como muchos otros que contribuyeron con colaboraciones y rectificaciones comprometen mi gratitud.

Viena, primavera de 1911.

Prólogo de la cuarta edición

El año pasado (1913) el doctor A. A. Brill, de Nueva York, concluyó la traducción inglesa de este libro *(The interpretation of dreams,* G. Allen & Co., Londres).

En esta ocasión el doctor Otto Rank no sólo se encargó de las correcciones, sino que también aportó al texto dos contribuciones propias (apéndice del capítulo VI).

Viena, junio de 1914.

Prólogo de la quinta edición

El interés por *La interpretación de los sueños* tampoco ha decrecido durante la guerra mundial, planteando la necesidad de una nueva edición aun antes de que terminara aquélla. Sin embargo, en esta edición no se pudo considerar plenamente la nueva literatura ulterior a 1914, pues, en lo que a la extranjera se refiere, ni siquiera llegó a conocimiento mío o del doctor Rank.

Una traducción húngara por los doctores Hollós y Ferenczi está próxima a su publicación. En mi *Introducción al psicoanálisis** editada en 1916-1917 por H. Heller, de Viena, la segunda parte, que comprende once conferencias, está dedicada a exponer el sueño de manera más elemental y en conexión más íntima con la teoría de las neurosis. En su conjunto estas conferencias constituyen un resumen de *La interpretación de los sueños,* aunque en determinados puntos presenten una exposición aún más minuciosa.

* Alianza Editorial, Madrid, 2004 (1967).

No pude decidirme a efectuar una reelaboración concienzuda de este libro, que si bien lo elevaría al nivel de nuestras concepciones psicoanalíticas actuales, destruiría, en cambio, su peculiaridad histórica. Creo que en su existencia de casi dos decenios ha quedado cumplida su misión.

Budapest-Steinbruch, julio de 1918.

Prólogo de la sexta edición

Las dificultades que actualmente aquejan a las empresas editoriales tuvieron por consecuencia que esta nueva edición se retardara mucho más de lo que habría correspondido a la demanda y que por vez primera sea publicada como reimpresión fiel de la precedente. Tan sólo el índice bibliográfico, al final del volumen, ha sido completado y ampliado por el doctor O. Rank.

Mi presunción de que este libro habría cumplido su misión en casi dos decenios de existencia, no ha sido, pues, confirmada. Podría decir más bien que tiene una nueva misión que cumplir. Así como antes se trataba de ofrecer algunas nociones sobre la esencia del sueño, ahora no es menos importante contrarrestar los tenaces errores de interpretación a que están expuestas dichas nociones.

Viena, abril de 1921.

Prólogo de la octava edición

En el lapso que media entre la última, séptima edición de este libro (1922), y la presente revisión fueron editadas mis *Obras completas* por el Internationaler Psychoanalytischer Verlag, de Viena. En éstas el segundo tomo contiene el texto restablecido de la primera edición, mientras que todas las adiciones ulteriores están reunidas en el tercer tomo. En cambio, las traducciones aparecidas mientras tanto se ajustan a las publicaciones independientes de este libro, cabiendo mencionar la francesa, de I. Meyerson, publicada en 1926 con el título *La Science des Rêves,* por la Bibliothèque de Philosophie Contemporaine; la sueca *(Drömtydning),* efectuada en 1927 por John Landquist, y la castellana, de Luis López-Ballesteros y de Torres. La traducción húngara, cuya inminente publicación anuncié ya en 1918, aún no ha aparecido.

También en la presente revisión de *La interpretación de los sueños* he tratado la obra esencialmente como documento histórico, introduciendo tan sólo aquellas modificaciones que me parecían imprescindibles para el aclaramiento y la profundización de mis propias opiniones. De acuerdo con esta posición, he abandonado definitivamente el propósito de incluir en este libro la bibliografía aparecida desde su primera edición, excluyendo, pues, las secciones correspondientes que contenían las ediciones anteriores. Además, faltan aquí los dos trabajos, «Sueño y poesía» y «Sueño y mito», que el doctor Otto Rank aportó a las ediciones precedentes.

Viena, diciembre de 1929.

Un sueño como testimonio*

Una señora aquejada de neurosis dubitativa y de un ceremonial obsesivo exige a sus enfermeras que no la pierdan de vista ni por un solo instante, pues de lo contrario podría echarse a cavilar sobre alguna cosa prohibida que pudiera haber cometido en el ínterin. Cierta noche, estando recostada en su diván, cree advertir que la enfermera de turno se ha dormido. Preguntándole al punto si no la perdió de vista, aquélla se incorpora sobresaltada y le contesta: «No, por cierto». Con lo que la enferma ha encontrado motivo para una nueva duda, repitiendo su pregunta al cabo de un momento, sin que la muchacha deje de hacer protestas de su constante atención. Entonces entra otra sirvienta, trayéndole la cena.

Esto sucedió un viernes por la noche. A la mañana siguiente la enfermera le cuenta un sueño que disipa las dudas de la paciente.

* 1913.

Le han dejado un niño para cuidar; la madre se fue de viaje y el niño se le ha perdido. Yendo por la calle, pregunta a todo el mundo si por ventura le han visto. Así llega a un gran lago y lo cruza por una estrecha pasarela. *[A lo cual agrega más tarde:* En esta pasarela se le apareció de pronto, como un espejismo, la figura de otra enfermera.] Luego llega a una región que le parece familiar, donde se encuentra con una mujer a la que conoció de niña y que era entonces vendedora en un despacho de comestibles, habiéndose casado más tarde. A esa mujer, que está parada ante la puerta de su casa, le pregunta: «¿No vio usted al niño?». Pero ella no parece interesarse por su pregunta, refiriéndole en cambio que ahora está divorciada de su marido y agregando que tampoco en el matrimonio todo es felicidad. Entonces se despierta tranquilizada, pensando que el niño ya acabará por encontrarse en casa de alguna vecina.

Mi paciente aceptó que este sueño debía referirse a la imputada distracción negada por su enfermera. Lo que ésta le había contado espontáneamente en relación con el sueño le permitió llegar a una interpretación prácticamente suficiente, aunque incompleta en muchas partes. En cuanto a mis informaciones, sólo me enteré de las comunicadas por mi paciente, sin tener oportunidad de conversar con la protagonista del sueño. Luego de exponer la interpretación de la primera, agregaré cuanto sea posible colegir fundándonos en nuestros conocimientos generales sobre las leyes de la elaboración onírica.

La enfermera me dice que el niño del sueño le recuerda un caso cuya asistencia le resultó muy grata. Tratábase de un niño que había sufrido una oftalmía blenorrágica, estando privado de la visión. Pero la madre de este niño no se había ido de viaje, sino que participó en su cuidado. A mi vez, sé que mi marido, cuya opinión sobre esta enfermera es excelente, le encareció me atendiera bien durante su ausencia, prometiéndole ella que me cuidaría ¡como a un niño!

Por otra parte, el análisis de nuestra paciente nos ha enseñado que con su exigencia de no quitarle los ojos de encima pretende a su vez colocarse en una situación infantil.

El habérsele perdido el niño –prosigue mi paciente– significa que ha dejado de vigilarme, que me ha perdido de vista. He aquí su confesión de que realmente se durmió por un instante y de que luego me mintió.

La señora no logra explicarse la pequeña parte del sueño en que la muchacha pregunta por el niño a todos los que se encuentra en su camino, pero da buena cuenta de los demás detalles contenidos en el sueño manifiesto.

El gran lago le recuerda el Rin, pero agrega que aquél era mucho más vasto que este río. Luego recuerda que la noche anterior yo le había leído el cuento de Jonás y la ballena, refiriéndole que yo misma había visto cierta vez una ballena en el canal de la Mancha. Creo que el lago representa el mar; es decir, una alusión a la leyenda de Jonás.

También creo que el puente corresponde a cierta versión jocosa de la leyenda, escrita en un dialecto regional. En ella se cuenta cómo un maestro de religión narra a sus alumnos la maravillosa aventura de Jonás, objetando uno de los niños que eso no podría ser cierto, pues el señor maestro les habría enseñado en otra oportunidad que la ballena tiene fauces tan estrechas que sólo puede tragar animalejos muy pequeños. El maestro sale del paso explicando que Jonás era un judío y que los judíos se meterían por todas partes. Mi enfermera es muy religiosa, pero propensa a dudas sobre la fe, de modo que me reproché porque mi lectura quizá habría podido despertarlas en su mente.

En este puente angosto se le apareció, pues, la imagen de otra enfermera conocida. Me narró su historia, contándome que se había arrojado al Rin porque la despidieron de un puesto en que había cometido una falta[1]. De modo que teme ser despedida por haberse dormido aquella noche. Por otra parte, a la mañana siguiente, después de haberme contado el sueño, se echó a llorar violentamente, y al preguntarle yo sobre el motivo, me respondió con cierta brusquedad: «¡Bien lo sabe usted, y ahora ya no tendrá confianza en mí!».

Apareciendo esta enfermera ahogada como un complemento del sueño, y como uno de particular nitidez, deberíamos haber aconsejado a nuestra paciente que comenzara la interpretación onírica por este punto. Además, según la narración de la protagonista, esta primera parte del sueño estaba dominada por intensa angustia, mientras que en la segunda comienza a tranquilizarse, despertando así.

En el siguiente trozo del sueño –prosigue la paciente, improvisada psicoanalista– vuelvo a encontrar una prueba segura de que se refiere a lo sucedido el viernes por la noche, pues la mujer que había sido vendedora en un despacho de comestibles sólo puede representar a la muchacha que en aquella oportunidad entró trayéndome la cena. He de agregar que durante todo ese día mi enfermera se quejó de sentir náuseas. La pregunta que le dirige –«¿No vio usted al niño?»– seguramente se deriva de mi propia pregunta acerca de si no me había perdido de vista, palabras que volví a enrostrarle cuando la sirvienta entró con mi cena.

También en el sueño se pregunta dos veces por el paradero del niño. El hecho de que la mujer no le responda, de que no se interese por la pregunta, quisiéramos interpretarlo como un menosprecio de la otra sirvienta a favor de la protagonista del sueño, que manifiesta en el mismo su superioridad sobre su colega, precisamente porque debe enfrentar el reproche de negligencia en sus deberes.

La mujer que aparece en el sueño no está realmente divorciada de su marido. Toda esta parte tiene su origen en la historia de aquella otra sirvienta, a quien sólo el imperio de sus padres alejó –divorció– de un hombre que la pretendía. Lo de que tampoco en el matrimonio todo es felicidad quizá represente una expresión de consuelo que ambas mujeres bien pueden haber pronunciado en alguna conversación. Este consuelo le servirá de modelo para el otro, el de que el niño ya acabará por encontrarse, con el cual concluye el sueño.

Deduzco de este sueño que mi enfermera realmente se durmió aquella tarde, temiendo ser despedida por ello. En consecuencia, pude sobreponerme a la duda de si mi propia percepción había sido acertada. Además agregó a la narración del sueño que sentía no haber traído consigo algún libro de oniromancia, y al advertirle yo que esos libros no contienen sino las peores supersticiones, me respondió que, sin ser supersticiosa, debía reconocer que todas las desgracias sufridas en su vida le habían ocurrido los viernes. Por fin, mi enfermera me trata ahora bastante mal, mostrándose pusilánime, irritable y propensa a arrebatos.

Creo que deberemos acreditarle a mi paciente el haber interpretado y aprovechado correctamente el sueño de su enfermera. Como tan frecuentemente sucede al interpretar sueños en el psicoanálisis, esta tarea no sólo se basa en los resultados de la asociación, sino también sobre las circunstancias accesorias de la narración, en la conducta del protagonista antes y después del análisis onírico, así como en todo lo que exprese y revele más o menos simultáneamente con el sueño, es decir, en la misma sesión analítica. Si agregamos a todo lo mencionado la irritabilidad de la enfermera, su alusión al funesto día viernes, etc., podremos confirmar el juicio de que el sueño contiene la confesión de haberse dormido realmente en la ocasión en que lo negara, temiendo que su ama la despidiese por ello[2].

Pero este sueño, que para mi paciente sólo tenía importancia práctica, despierta en nosotros doble interés teórico. Es verdad que termina con una consolación, pero contiene esencialmente una *confesión* importante para las relaciones con su ama. ¿Cómo puede expresar el sueño –que ha de servir a la realización de deseos– una confesión que ni siquiera le conviene a su protagonista? ¿Acaso deberemos aceptar, junto a los sueños de deseo y de angustia, la existencia de sueños de confesión, de advertencia, de reflexión, de adaptación y otros por el estilo?

Ahora bien: reconozco que aún no he llegado a comprender por qué mi punto de vista, contrario a tales categorías, formulado en mi *Interpretación de los sueños*, es objeto de reservas por parte de tantos y, entre ellos, tan calificados psicoanalistas. El distinguir sueños de deseos, de confesión, de advertencia, de adaptación, etc., no me parece mucho más sensato que la forzosamente aceptada diferenciación de los especialistas médicos en ginecólogos, pediatras y odontólogos, entre otros. Me tomo la libertad de repetir aquí, muy sucintamente, los pasajes respectivos de *La interpretación de los sueños*[3].

Como perturbadores del reposo y motivadores de los sueños pueden actuar los denominados «restos diurnos», procesos ideativos con carga afectiva, procedentes del día anterior al sueño, que han resistido en cierto grado a la atenuación general del reposo. Se pueden revelar estos restos diurnos reduciendo el sueño manifiesto a las ideas oníricas latentes; aquéllos forman parte de estas últimas, perteneciendo, pues, a las actividades –conscientes o mantenidas inconscientes– de la vigilia, que pueden continuarse durante el reposo. Dada la multiplicidad de los procesos ideativos en lo consciente y en lo preconsciente, estos restos diurnos poseen las más diversas y múltiples significaciones, pudiendo consistir en deseos o temores no solucionados, así como en propósitos, reflexiones, advertencias, tentativas de adaptación a tareas inminentes, etc. En este sentido, ajustándose al contenido que los sueños presentan una vez interpretados, parecería justificado caracterizarlos según las categorías mencionadas; pero sucede que estos restos diurnos, por sí solos, aún no constituyen el sueño, pues les falta precisamente el elemento más esencial de éste. De por sí, no son capaces de formar un sueño: en puridad, no representan sino el material psíquico para la elaboración onírica, tal como los casuales estímulos sensoriales y orgánicos, o las condiciones experimentalmente provocadas, constituyen su material somático. Adjudicarles el principal papel en la formación onírica significaría repetir en nueva versión el error preanalítico de explicar los sueños por un empacho gástrico o una magulladura cutánea. Tan acérrimos son los errores científicos y tal es su disposición a insinuarse bajo nuevo disfraz cuando se los ha rechazado.

En la medida en que comprendemos la formación del sueño, hemos de afirmar que su factor esencial es un deseo inconsciente, por lo general infantil, pero actualmente reprimido, que puede manifestarse por medio de aquel material somático o psíquico (es decir, también por los restos diurnos), confiriéndoles con ello la energía necesaria para irrumpir en la consciencia, aun durante el reposo mental nocturno. El sueño siempre es la realización de *este* deseo inconsciente, cualquiera que sea su restante contenido: advertencia, reflexión, confesión o algún otro trozo de la profusa vida diurna preconsciente que haya llegado a la noche sin haber sido resuelto. *Este* deseo inconsciente es el que impone a la labor onírica su peculiar carácter de elaboración inconsciente de un material preconsciente. El psicoanalista sólo puede definir el sueño como un resultado de la elaboración onírica; no puede adjudicar las ideas oníricas latentes al sueño, sino a la ideación preconsciente, por más que sólo haya llegado a averiguarlas mediante la interpretación del sueño. (Aquí la elaboración secundaria por la instancia consciente es incluida en la elaboración onírica, pero esta concepción no precisa ser alterada si se la aísla, debiendo expresarse entonces que el sueño, en el sentido psicoanalítico, comprende la elaboración onírica propiamente dicha y la elaboración secundaria de su producto.) De estas consideraciones deducimos, en suma, que no es lícito equiparar el carácter realizador de deseos que tiene el sueño con su carácter de advertencia, confesión, tentativa de solución, etc., so pena de negar el punto de vista abismal frente a lo psíquico; es decir, el punto de vista psicoanalítico.

Volvamos ahora al sueño de la enfermera para demostrar en este ejemplo el carácter profundo de la realización del deseo. Ya anticipamos que la interpretación efectuada por mi paciente no es completa, pues deja intactas las partes del contenido onírico que no se encontraban al alcance de su capacidad. Además, esta señora padece de una neurosis obsesiva, que, según mi impresión, dificulta notablemente el entendimiento de los símbolos oníricos, así como, por el contrario, la demencia precoz lo facilita.

Pero nuestro conocimiento del simbolismo onírico nos permite comprender las partes no interpretadas de este sueño y adivinar un sentido más profundo tras los elementos ya interpretados. No puede menos que sorprendernos el que una parte del material utilizado por la enfermera se origine en el complejo del parir y tener hijos. El gran curso de agua (el Rin, el canal donde fue vista la ballena) seguramente es el agua de la que proceden los niños; en efecto, la protagonista llega a sus orillas «en busca del niño». El mito de Jonás, contenido en la determinación del agua; la pregunta de cómo pudo Jonás (el niño) pasar por la estrecha hendidura, son elementos integrantes del mismo complejo. Por otra parte, la enfermera que por despecho se arrojó al Rin, que se sumergió en el agua, no dejó de hallar, en medio de su desesperación ante la vida, el consuelo simbólicamente sexual que le ofrecía la forma de muerte elegida. La pasarela donde se le aparece la figura de aquélla también es probablemente un símbolo genital, aunque he de confesar que todavía carecemos de su determinación exacta.

El deseo de tener un hijo vendría a ser, pues, el elemento inconsciente que ha formado el sueño, y en efecto, ningún otro podría ser más apto para consolar a la enfermera por la penosa situación que le enfrenta la realidad. «Me despedirán, perderé a mi paciente. Pero ¿qué me importa? Me procuraré, en cambio, un hijo propio, carnal»[4]. El trozo no interpretado, en el cual pregunta a cuantos encuentra en la calle por el paradero del niño, quizá también forme parte de esta relación; entonces tendríamos que interpretarlo así; aunque tuviera que ofrecerme en la calle, ya sabría cómo conseguir un hijo. Aquí se manifiesta de pronto una obstinación de la protagonista, hasta ahora encubierta, concordando con ella la confesión: «Pues bien: efectivamente cerré los ojos y comprometí la confianza en mí depositada, de modo que ahora perderé mi puesto. Pero ¿seré tan tonta que vaya a arrojarme al agua, como X? No; ni siquiera seguiré siendo una enfermera; me casaré, seré esposa, tendré un hijo propio, y nadie podrá impedírmelo». Esta interpretación se justifica considerando que el «tener hijos» seguramente es la expresión infantil para el deseo de las relaciones sexuales, como, por otra parte, puede ser elegido por la consciencia para dar expresión eufémica a este deseo condenado.

Así, la confesión desfavorable para la protagonista, que seguramente estaría un tanto dispuesta a realizarla en la vida diurna, ha sido posibilitada en el sueño gracias a que un rasgo latente de su carácter lo aprovechó para lograr la realización de un deseo infantil. Podemos sospechar que este rasgo del carácter está íntimamente vinculado, tanto en el tiempo como en su fondo, con el deseo del hijo y del placer sexual.

Nuevas informaciones proporcionadas por la paciente a la cual debo la primera parte de esta interpretación onírica me suministraron los siguientes datos inesperados sobre la vida de la enfermera. Antes de adoptar esta profesión quiso casarse con un hombre que la cortejaba asiduamente, pero renunció al proyecto debido a los reparos de su tía, con la que está ligada por una extraña relación, mezcla de dependencia y porfía. Esta parienta que le impidió casarse es, a su vez, superiora de una congregación de enfermeras; la soñante siempre la consideró como personaje ejemplar y está fijada a ella por consideraciones de herencia, pero se resistió a su voluntad, negándose a ingresar en la congregación a la cual su tía la había destinado. De modo que la terquedad expresada en el sueño está dirigida contra la tía. Hemos atribuido origen analerótico a este rasgo del carácter y, en efecto, advertimos que son intereses pecuniarios los factores que la colocan en dependencia de la tía. Recordemos también que los niños profesan la teoría anal del nacimiento.

Este factor de la terquedad infantil quizá nos suministre una relación más íntima entre la primera y la última escena del sueño. La antigua vendedora de comestibles que aparece en el sueño es, ante todo, la otra sirvienta de la señora, que entró en la habitación para traer la cena, precisamente cuando ésta la interrogaba. Pero al parecer está destinada a representar a cualquier competidora enemiga. Es menospreciada como nodriza, al no interesarse por el niño perdido, replicando con cuestiones que atañen a su vida personal. De modo que se desplaza a ella la negligencia en el trabajo que preocupa a la soñante en su sueño. A ella se le adjudica también el matrimonio desgraciado y el divorcio que la soñante podría temer si se realizaran sus más íntimos deseos. Pero nosotros sabemos que es la tía quien ha separado a la protagonista de su novio. Así, esta «vendedora de comestibles» (elemento que no deja de tener significación simbólica infantil) se convierte en representante de la tía-superiora, por otra parte poco más vieja que la protagonista del sueño, y que ocupa frente a ésta el papel tradicional de la madre competidora. Esta interpretación es confirmada satisfactoriamente por la circunstancia de que el lugar «conocido» del sueño donde se encuentra con la persona de referencia parada ante la puerta de su casa es precisamente el lugar donde vive su tía.

Debido a la distancia que media entre el analista y el objeto del análisis, convendrá no penetrar más profundamente en la trama de este sueño. Con todo, cabe reconocer que, aun en los límites de lo accesible a la interpretación, ha demostrado contener cuantiosas confirmaciones de problemas ya resueltos y planteamientos de otros nuevos.

Sueños con temas de cuentos infantiles*

Nada tiene de sorprendente el que también el psicoanálisis puedas demostrarnos la importancia que nuestros cuentos populares han adquirido en la vida psíquica de nuestros niños. En algunas personas el recuerdo de sus cuentos favoritos sustituye los recuerdos de la propia infancia; los cuentos se han convertido, simplemente, en recuerdos encubridores.

Pero los elementos y las situaciones de estos cuentos también se encuentran con frecuencia en los sueños, y al tratar de interpretar los pasajes respectivos, los pacientes asocian los cuentos que para ellos vienen al caso. Quiero exponer aquí dos ejemplos de esta comprobación harto frecuente, pero sólo podré esbozar ligeramente las relaciones entre los cuentos y la historia infantil o la neurosis del soñante, exponiéndome al riesgo de destruir los nexos más valiosos para el analista.

* 1913.

Sueño de una mujer joven que hace pocos días recibió la visita de su marido:

Se encuentra en un cuarto completamente castaño. Una pequeña puerta da a una escalera empinada por la cual entra al cuarto un curioso hombrecillo con cabellos blancos, calva y nariz roja, que se pone a bailotear ante ella con actitudes muy cómicas, yéndose luego escalera abajo. Está vestido con una prenda color gris que permite reconocer todas sus formas. *(Corrección:* Lleva un largo gabán negro y un pantalón gris.)

Los rasgos físicos del hombrecillo concuerdan fielmente con los de su suegro[1]. Pero inmediatamente se le ocurre el cuento de *Rompelimpón,* que bailotea tan cómicamente como el hombrecillo del sueño, revelando así su nombre a la reina y perdiendo con ello su derecho al primer hijo de ésta, de modo que en su cólera termina por partirse en dos.

El día anterior al sueño, ella misma había sentido tal rabia contra su marido que dijo: «Podría partirlo en dos».

El cuarto castaño comienza por ofrecer dificultades; sólo se le ocurre el comedor de la casa paterna, que está entablado en castaño, y luego algo acerca de esas camas en que resulta tan incómodo dormir en pareja. Hace unos días, girando la conversación acerca de camas en otros países, dijo alguna torpeza –según cree, inocentemente– que provocó las carcajadas de quienes la escuchaban.

El sueño ya es ahora comprensible. El cuarto castaño como la madera[2] es ante todo una cama, y por su relación con el comedor, una cama matrimonial[3]. De modo que ella se encuentra en la cama matrimonial. El curioso visitante ha de ser su joven marido, que al cabo de varios meses de ausencia habría vuelto junto a ella para desempeñar su papel en la cama matrimonial. Pero por el momento es el padre del marido, es decir, el suegro.

Tras esta primera interpretación hallamos un contenido más profundo, puramente sexual. El cuarto es ahora la vagina. (El cuarto viene a quedar dentro de ella, al revés de lo que sucede en el sueño.) El hombrecillo que gesticula y se conduce tan cómicamente es el pene; la puerta estrecha y la escalera empinada son confirmaciones que permiten interpretar esta escena como una representación del coito. En general, el niño suele ser un símbolo del pene, pero comprendemos que en este caso tiene pleno sentido el empleo del padre para representar al pene.

La solución de los restantes elementos terminará por consolidar nuestra interpretación. El traje gris, transparente, lo explica ella misma como un preservativo, comunicándonos también que entre los motivos de este sueño se encuentra su preocupación anticoncepcional y sus cavilaciones sobre si esta visita del marido no le habría dejado el germen de un segundo hijo.

El gabán negro: éste le viste muy bien a su marido; ella querría inducirlo a que siempre lo llevase puesto, en lugar de su traje común. Por consiguiente, en el gabán negro está su marido tal como desearía verlo. Gabán negro y pantalón gris; es decir, formado por dos capas distintas y superpuestas: «Así vestido quiero tenerte; así me agradas».

Rompelimpón está vinculado a las ideas actuales del sueño –a los restos diurnos– por medio de una hermosa formación antitética. En el cuento aparece para quitarle a la reina su primer hijo; el hombrecillo del sueño, en cambio, viene como padre, quizá por haberle traído un segundo hijo. Pero Rompelimpón también nos facilita el acceso a la capa más profunda, infantil, de las ideas oníricas. El gracioso hombrecillo cuyo nombre nadie conoce, cuyo secreto se querría desentrañar, el que sabe hacer tan extraordinarias tramoyas (en el cuento convierte la paja en oro); la rabia que se le tiene, o más bien a su propietario, por envidiarle su posesión; la envidia fálica de las niñas; todos éstos son elementos cuyas vinculaciones con los fundamentos de la neurosis sólo podemos apuntar en esta ocasión. También los cabellos cortados del hombrecillo que aparece en el sueño se relacionan seguramente con el tema de la castración.

Quizá sería posible obtener preciosas orientaciones para la interpretación de estos cuentos –tarea que aún tenemos por delante– prestando atención, en los ejemplos más claros de sueños con temas de cuentos infantiles, a la manera en que el soñante aprovecha el cuento y al puesto que se le adjudica en el contexto del sueño.

2

Un joven cuyos recuerdos infantiles tienen por punto de referencia el hecho de que sus padres se trasladaran de una finca que poseían a otra cuando aquél aún no contaba cinco años, refiere el siguiente sueño más temprano que pueda recordar, acaecido cuando todavía residían en la primera de las fincas:

Soñé que era de noche y estaba acostado en mi cama (ésta tenía los pies junto a la ventana, a través de la cual se veía una fila de viejos nogales; sé que cuando tuve ese sueño era invierno y de noche). De pronto la ventana se abre sola y veo, con gran sobresalto, que en el grueso nogal que se alza ante la ventana hay encaramados unos cuantos lobos blancos. Eran seis o siete, totalmente blan-

cos, y parecían más bien zorros o perros ovejeros, pues tenían grandes colas, como los zorros, y las orejas enhiestas, como los perros cuando ventean algo. Presa de horrible miedo, sin duda de ser devorado por los lobos, eché a gritar... y me desperté. Mi niñera acudió para ver qué me había pasado, y tardé largo rato en convencerme de que sólo había sido un sueño: tan natural y claramente se me había aparecido la imagen de la ventana que se abría y de los lobos posados en el árbol. Por fin me tranquilicé, sintiéndome como salvado de un peligro, y volví a dormirme.

La única acción del sueño fue la de abrirse la ventana, pues los lobos permanecían sentados, quietos e inmóviles, en las ramas del árbol, a derecha e izquierda del tronco, contemplándome. Parecía como si toda su atención estuviera fijada en mí. Creo que fue éste mi primer sueño de angustia. Tendría yo entonces tres o cuatro años; cinco a lo más. Desde esa noche hasta los once o los doce años siempre tuve miedo de ver algo terrible en sueños.

El paciente me trajo además un dibujo del árbol con los lobos que confirma su descripción. El análisis del sueño hace aparecer el siguiente material.

El soñante siempre vinculó este sueño con el recuerdo de que en aquellos años de su infancia sentía extraordinario miedo a la estampa de un lobo reproducida en un libro de cuentos. Su hermana, mayor y mucho más despierta que él, solía divertirse a costa suya exhibiéndole precisamente aquella estampa con cualquier pretexto, ante lo cual se echaba a gritar, horrorizado. En esa imagen el lobo estaba parado en dos patas, con una levantada, las garras extendidas y las orejas enderezadas. Cree recordar que la imagen correspondía a una ilustración del cuento de *Caperucita Roja*.

¿Por qué son blancos los lobos de su sueño? Este detalle lo hace pensar en las grandes manadas de ovejas que pastaban en los prados cercanos a la finca. Su padre en ocasiones lo llevaba consigo cuando iba a visitar dichas manadas, favor que lo hacía sentirse encantado y orgulloso. Más tarde, en una fecha que, según los informes obtenidos, pudo ser poco antes del sueño, estalló una epidemia entre las ovejas. El padre hizo venir a un discípulo de Pasteur, que vacunó a los animales; pero éstos siguieron sucumbiendo después de la vacuna en número mayor aún que antes de la misma.

¿Cómo aparecen los lobos encaramados en el árbol? A esto asocia el paciente un cuento que había oído contar a su abuelo. No recuerda si fue antes o después del sueño, pero su contenido indicaría decididamente lo primero. El cuento rezaba así: un sastre estaba trabajando en su cuarto, cuando se abrió de pronto la ventana y de un salto entró por ella un lobo. El sastre lo golpeó con la vara de medir...; no –rectifica enseguida–, lo tomó de la cola y se la arrancó de un tirón, logrando que el lobo huyese asustado. Poco después el sastre salió a pasear por el bosque y vio venir de pronto una manada de lobos, teniendo que subirse a un árbol para librarse de ellos. Al principio los lobos se quedaron confundidos, pero el mutilado, que estaba entre ellos y quería vengarse del sastre, propuso a los demás que se treparan unos encima de otros, hasta que el último alcanzase al sitiado, ofreciéndose él mismo –era un lobo viejo y fuerte– para servir de base y sostén a la pirámide. Los lobos siguieron su consejo, pero el sastre, que había reconocido a su mutilado visitante, gritó de pronto: «¡Agarrad al gris de la cola!». El lobo rabón se asustó tanto al recordar su aventura que echó a correr e hizo caer a todos los demás.

En este cuento hallamos el antecedente del árbol en el cual aparecen encaramados los lobos en el sueño. Pero también contiene una alusión inequívoca al complejo de castración. El sastre mutiló al *viejo* lobo arrancándole la cola. Las largas colas de zorro que ostentan los lobos en el sueño seguramente son compensaciones de tal mutilación.

¿Por qué son seis o siete los lobos del sueño? El paciente parecía no poder contestar a esta pregunta, hasta que yo puse en duda que la estampa angustiante pudiese corresponder al cuento de *Caperucita Roja.* Este cuento, en efecto, sólo da ocasión a dos ilustraciones: la del encuentro de Caperucita con el lobo en el bosque y la escena en la cual el lobo aparece acostado y con la cofia de la abuela puesta. Tras el recuerdo de aquella estampa debía ocultarse, pues, otro cuento. En efecto, no tardó en hallar que sólo podría tratarse del cuento de *El lobo y los siete cabritos.* En él aparece el número siete, pero también el seis, pues el lobo devora tan sólo a seis cabritos, ya que el séptimo se esconde en la caja del reloj. También el color blanco aparece en este cuento, pues el lobo se hace blanquear una pata por el panadero, después que los cabritos lo reconocieron por su pelaje gris en la primera visita. Ambos cuentos tienen, por lo demás, muchos elementos comunes. En ambos se encuentra el devorar, el cortar el vientre, la extracción de las personas devoradas y su sustitución por pesadas piedras; finalmente, en ambos el lobo malo termina por perecer. En el cuento de los cabritos aparece además el árbol, pues luego de su comida el lobo se tumba bajo un árbol y se echa a roncar.

Debido a una circunstancia particular, este sueño aún habrá de ocuparme en otra ocasión[4] y entonces tendré oportunidad de completar su estudio y su interpretación. Trátase de un primer sueño de angustia recordado desde la infancia y cuyo contenido, relacionado con otros sueños que lo siguieron al poco tiempo, así como con ciertos acontecimientos de la niñez, despierta un particularísimo interés. Aquí nos limitaremos a la relación del sueño con dos cuentos que presentan amplias coincidencias: *Caperucita Roja* y *El lobo y los siete cabritos.* La impresión que estos cuentos le causaron se manifestó en el pequeño soñante por una verdadera zoofobia, que únicamente se diferenciaba de otros casos análogos porque el animal temido no era un objeto fácilmente accesible a la percepción (como, por ejemplo, el perro y el caballo), sino que tan sólo era conocido de oídas y por las estampas de un libro de cuentos.

Ya expondré en otra ocasión qué explicación tienen estas zoofobias y cuál es su significado. Mas me apresuro a adelantar que tal explicación concuerda perfectamente con el carácter fundamental que la neurosis de nuestro soñante reveló poseer en épocas posteriores de su vida. El miedo al padre había sido el motivo más poderoso de su enfermedad, y tanto su existencia como su conducta en el tratamiento estuvieron dominadas por su actitud ambivalente ante todo sustituto del padre.

Si para mi paciente el lobo había sido sólo el primer sustituto del padre, cabe preguntarse si el cuento del lobo que devora a los cabritos y el de *Caperucita Roja* tienen por contenido secreto algo distinto del miedo infantil al padre[5]. Por otra parte, el padre de mi paciente tenía la costumbre del *regañeo cariñoso,* que tantas personas adoptan en la relación con sus hijos, y es posible que en los primeros años de la infancia, cuando jugaba y retozaba con el niño, ese padre, posteriormente tan severo, más de una vez lo haya amenazado en broma: «¡Te voy a comer!». Una de mis pacientes me narró cierta vez que sus dos hijos nunca habían podido tomar afecto al abuelo, pues éste solía amenazarlos en sus juegos cariñosos diciéndoles que les abriría el vientre.

Representación de la «gran hazaña en el sueño»*

El sujeto sueña que es una mujer grávida y que está tendido en la cama. Su estado se le hace muy penoso, y exclama: «Antes que esto preferiría...» (en el análisis, después de recordar a una persona que lo había cuidado, agregó: «picar piedras»). A la cabecera de la cama cuelga un mapa cuyo borde inferior es mantenido tenso por un listón de madera *(Holzleiste)*. El soñante arranca este listón *(Leiste)* tomándolo por los dos extremos; pero en vez de quebrarse en dos partes, se hiende longitudinalmente en dos. Con esto el sujeto se siente aliviado y también facilita el parto.

Sin ayuda alguna interpreta el arrancamiento del listón *(Leiste)* como una «gran hazaña» *(grosse Leistung)*, por medio de la cual se libra de su desagradable situación (en el tratamiento), arrancándose a sí mismo de su actitud femenina. Nada puede objetarse contra esta interpretación del sujeto; pero yo no la calificaría de «funcional»

* Publicación original: *Internationale Zeitschrift für Psychoanalyse*, volumen II, 1914, págs. 384-385.

por el simple hecho de que sus ideas oníricas se refieran a su situación en el tratamiento. Tales ideas constituyen el «material» para la formación onírica, igual que todo lo demás. No llego a comprender por qué la actividad ideativa de un analizado no habría de referirse a su actitud en el tratamiento. La diferenciación del fenómeno «funcional» y del fenómeno «material», según Silberer, sólo tiene valor si existe –como en las conocidas autoobservaciones de este autor, al dormirse– la alternativa de que la atención se ocupe en un contenido ideacional dado, o bien en el estado psíquico del sujeto; pero no cuando este estado mismo constituye el contenido ideacional.

La interpretación del sueño no está, sin embargo, concluida: el detalle absurdo de que el listón no sólo se quiebra, sino que se hiende longitudinalmente, exige una explicación que no puede ser «funcional» y que resulta un tanto difícil hallar. El soñante concluye por recordar que la duplicación de algo, unida a su destrucción, alude a la castración. El sueño suele representar la castración por una pertinaz formación antinómica que responde al deseo, figurando no uno, sino dos símbolos fálicos. Por otra parte, la *Leiste* («listón» e «ingle») es una región del cuerpo vecina a los órganos genitales. Concretando su interpretación, el sujeto declara que en el sueño vence la amenaza de castración que lo ha llevado a la actitud femenina.

Complementos a la teoría onírica*

El conferenciante dedicó su breve exposición a tres puntos de la teoría de los sueños. Los dos primeros conciernen al postulado de que el sueño sería una realización de deseos, presentando ciertas modificaciones imprescindibles del mismo; el tercero se refiere a la plena confirmación del ya formulado rechazo de las denominadas tendencias prospécticas en el sueño. Sostiene que hay motivos suficientes para aceptar, junto a los conocidos sueños desiderativos y a los sueños de angustia, que se ajustan fácilmente a la teoría, una tercera categoría que denomina «sueños punitivos» o «de castigo». Si se tiene en cuenta la justificada aceptación de una instancia particular en el *yo,* autoobservadora y crítica (ideal del *yo,* censor, conciencia), también aquellos sueños punitivos se adaptarían a la teoría de la realización del deseo, pues representarían la realización del deseo de esta instancia crítica. Guardarían con los sueños desiderativos

* Publicación original: *Internationale Zeitschrift für Psychoanalyse,* vol. VI, 1920, pág. 397.

propiamente dichos la misma relación que tienen los síntomas de la neurosis obsesiva, producidos por formación reactiva, con los síntomas histéricos. Una excepción más valedera a la regla de que el sueño sería una realización de deseos, el conferenciante la ve en los denominados sueños «traumáticos», como ocurren en los accidentados, pero también en los psicoanálisis de neuróticos, trayendo a luz los traumas psíquicos infantiles olvidados. Con respecto a la conciliación de estos sueños con la teoría de la realización del deseo, remitió a un trabajo próximo a publicarse, que se titulará *Más allá del principio del placer*[1].

El tercer punto de su comunicación se refiere a un estudio aún inédito del doctor Varendonck, de Gante, quien logró observar conscientemente, en amplia escala, la actividad fantaseadora inconsciente en estados crepusculares (llamada «pensamiento autístico» por dicho autor). En el curso de dicho estudio se demostró que también la previsión de las eventualidades del día siguiente, la preparación de intentos de solución y adaptación, etc., cae plenamente en el dominio de esta actividad preconsciente, que es también la productora de las ideas latentes del sueño, de modo que, como el conferenciante siempre ha afirmado, nada tiene que ver con la elaboración onírica.

El sueño y la telepatía*

En los tiempos que corren, tan plenos de interés por los fenómenos que se ha dado en llamar «ocultistas», un anuncio como el que pregonan mis palabras debe despertar por fuerza determinadas expectativas, razón por la cual me apresuro a defraudarlas. Mi trabajo no contribuirá en lo más mínimo a revelar el enigma de la telepatía, y ni siquiera permitirá colegir si creo o no en la existencia misma de una «telepatía». En esta ocasión me propongo la muy modesta tarea de investigar las relaciones entre los fenómenos telepáticos –cualquiera sea su origen– y el fenómeno onírico, o más precisamente nuestra teoría del sueño. Bien sabemos que se suele considerar muy íntima la relación entre el sueño y la telepatía; por mi parte, defenderé aquí la tesis de que ambos fenómenos tienen muy poco en común, y que, si se estableciera con certeza la existencia de sueños telepáticos, ello no obligaría a modificar en absoluto nuestra concepción del sueño.

* Publicado el año 1922 en la revista *Imago*.

El material que fundamenta mi exposición es muy reducido. Ante todo, debo lamentarme por no haber podido trabajar con sueños propios, como lo hice una vez, cuando escribí *La interpretación de los sueños* (1900); pero sucede que jamás tuve un sueño «telepático». No es que me hayan faltado los sueños con comunicaciones sobre determinado suceso acaecido en cierto lugar lejano, quedando librado a la concepción del soñante decidir si el suceso estaba ocurriendo precisamente o si acaecería en alguna oportunidad futura; también tuve frecuentemente, en plena vida vigil, presentimientos de sucesos alejados, pero ninguno de estos anuncios, profecías y presunciones se realizó, como suele decirse; resultó que no les correspondía realidad exterior alguna, y por ello hube de considerarlos como expectativas puramente subjetivas.

Así, por ejemplo, soñé una vez durante la guerra que había muerto uno de mis hijos, a la sazón en el frente[1]. El sueño no lo expresaba en forma directa, pero sí inequívoca, mediante el conocido simbolismo de la muerte que W. Stekel fue el primero en señalar. (¡No dejemos de cumplir aquí con el deber de la escrupulosidad literaria, tan incómodo en ocasiones!) Veía al joven guerrero parado junto a un muelle, en el límite entre tierra y agua; me parecía muy pálido; le hablé, pero no me contestó. A esto se agregaban otras alusiones inconfundibles. No tenía puesto su uniforme militar, sino un traje de esquiador como el que llevara años antes de la guerra al ocurrirle un grave accidente de esquí. Estaba parado sobre una elevación en forma de taburete, ante un armario, situación que me indujo a interpretarla como una «caída», teniendo en cuenta un recuerdo de infancia mío, pues, siendo niño de poco más de dos años, cierta vez me había subido sobre un taburete semejante para bajar algo de un armario

–probablemente algo apetecido–, cayéndome e infiriéndome una herida cuya cicatriz aún puedo exhibir. Pero mi hijo, cuya muerte anunciara aquel sueño, volvió sano y salvo de los peligros de la guerra.

Aún no hace mucho tuve otro sueño de mal agüero y, según creo, fue poco antes de resolverme a redactar esta breve comunicación. En ese caso el contenido del sueño aparecía bien a las claras: yo veía a mis dos sobrinas que viven en Inglaterra, vestidas de negro y diciéndome: «El jueves la hemos enterrado». Sabía que debían referirse a la muerte de su madre, ahora de ochenta y siete años, esposa del mayor de mis hermanos, ya fallecido.

Pasé, desde luego, por momentos de penosa expectativa, pues el fallecimiento repentino de una mujer tan anciana nada habría tenido de sorprendente, y sin duda no me hubiera sido grato que mi sueño coincidiese precisamente con tan funesto suceso. Mas la primera carta que me llegó de Inglaterra disipó mi inquietud. Para todos aquellos que se preocupan por la teoría de la realización del deseo en el sueño, he de intercalar la tranquilizadora aseveración de que el análisis también pudo revelar sin dificultad alguna, en estos sueños de muerte, las motivaciones inconscientes que en ellos cabe presumir.

No se me interrumpa ahora con la objeción de que tales comunicaciones no tendrían valor alguno, ya que las experiencias negativas tienen tan poco valor probatorio en este terreno como en otros menos ocultos. Bien lo sé, y de ningún modo he presentado estos ejemplos con el propósito de demostrar algo o de sugerir determinada actitud ante el problema. Sólo he querido justificar el carácter limitado del material que puedo ofrecer.

En cambio, hay otra circunstancia que me parece más contundente: la de que durante mis veintisiete años de actividad analítica jamás me haya sido posible observar un verdadero sueño telepático en ninguno de mis pacientes. Las personas con que trabajé constituían por cierto una buena colección de seres gravemente neuropáticos e «hipersensitivos» en grado sumo; además, muchos de ellos me narraron los más extraños acaecimientos de su vida pasada, basando en ellos su creencia en los influjos ocultos y misteriosos. Sucesos como accidentes, enfermedades de parientes cercanos y especialmente el fallecimiento de alguno de los padres, acaecieron muchas veces en el curso del tratamiento, llegando aun a interrumpirlo; pero tales hechos fortuitos, cuya índole es tan adecuada para este fin, jamás me ofrecieron la oportunidad de captar un sueño telepático, pese a que el tratamiento se prolongó durante semestres, años enteros y aun varios años. Quien desee hacerlo puede intentar la explicación de esta circunstancia que viene a imponer una nueva limitación de mi material; en cuanto a su injerencia en el tema de mi estudio, se advertirá que no cabe considerarla.

Tampoco puede resultarme embarazosa la pregunta de por qué no he recurrido al copioso material de sueños telepáticos registrados en la bibliografía especializada. No me habría sido difícil hallarlos, ya que en mi calidad de miembro de la Society for Psychical Research, tanto inglesa como americana, dispongo de sus publicaciones; pero en ninguna de ellas se intenta considerar analíticamente los sueños, elaboración ésta que ha de interesarnos en primer lugar[2]. Por otra parte, pronto se advertirá que los propósitos de esta comunicación bien pueden ser cumplidos mediante un único ejemplo onírico.

De modo que mi material consiste tan sólo en dos comunicaciones que me han sido enviadas por corresponsales alemanes. Aunque no los conozco personalmente, me indican su nombre y domicilio, y no tengo el mínimo motivo para sospechar en ellos el propósito de inducirme a confusión y engaño.

1

Con una de ambas personas ya mantuve anteriormente una comunicación epistolar, en la cual tuvo la gentileza de comunicarme observaciones de la vida cotidiana y sucesos análogos, como suelen hacerlo muchos de mis lectores. En esta oportunidad, mi corresponsal, persona sin duda alguna culta e inteligente, pone expresamente su material a mi disposición por si yo pudiera «aprovecharlo literariamente».

Su carta dice así:

Considero el siguiente sueño lo bastante interesante como para ofrecérselo en calidad de material para sus estudios.

Debo anticipar lo siguiente: mi hija, casada en Berlín, espera tener un hijo a mediados de diciembre próximo. Tengo la intención de ir a esa ciudad para tal fecha, junto con mi segunda mujer, madrastra de mi hija. La noche del 16 al 17 de noviembre soñé tan viva y claramente como nunca *que mi mujer ha dado a luz mellizos. Veo claramente a ambos niños, de espléndido aspecto, con sus cachetes rojos, acostados uno junto al otro en su cuna; no puedo establecer el sexo; uno de ellos, rubio, tiene evidentemente mis facciones, con algunos rasgos de mi mujer; el otro, de cabello castaño, se parece a todas luces a mi mujer, pero también tiene rasgos míos. Le digo a mi mujer, que tiende a ser pelirroja: «El cabello castaño de "tu" hijo quizá también se vuelva rubicundo más adelante». Mi mujer amamanta a los niños. Ella había hecho mermelada en una batea de lavar* (en el sueño, desde luego), *y ambos niños gatean en ésta, lamiéndola hasta dejarla limpia.*

He aquí el sueño, en cuyo transcurso me desperté cuatro o cinco veces, preguntándome si era verdad que habíamos tenido mellizos, sin poder llegar a convencerme de que sólo había soñado. El sueño duró hasta despertarme por la mañana, y aún tardé un buen rato en percatarme de la realidad. Durante el desayuno le conté a mi mujer este sueño, que la regocijó mucho, respondiéndome: «¿No habrá Ilse (mi hija) tenido mellizos?». A lo que contesté: «Apenas puedo creerlo, pues ni en mi familia ni en la de G. (su marido) hubo mellizos». El 18 de noviembre, a las diez de la mañana, recibo de mi yerno un telegrama, despachado la tarde anterior, en el cual me anuncia el nacimiento de mellizos, un varón y una mujer. Por consiguiente, éstos nacieron precisamente cuando yo soñaba que mi mujer había tenido mellizos. El parto sobrevino cuatro semanas antes de la fecha que todos habíamos calculado de acuerdo con las presunciones de mi hija y de su marido.

Ahora prosigo: la noche siguiente soñé *que mi difunta mujer, madre de mi hija, había tomado a su cuidado cuarenta y ocho niños recién nacidos. Cuando traen la primera docena, yo protesto.* Con esto termina el sueño.

Mi primera mujer era muy amante de los niños. Muchas veces decía que le gustaría tener a su alrededor una cantidad de ellos; cuantos más, mejor; que sería muy apta y se sentiría muy a gusto como cuidadora de un jardín de infantes. Para ella era música el bullicio y la algazara de los niños. También sucedía de tanto en tanto que invitara a todo un grupo de niños de la calle y los obsequiara con chocolate y golosinas en el jardín de nuestra casa. Después del parto, y especialmente después de la sorpresa que le causó su ocurrencia prematura y el hecho de que fueran mellizos de distinto sexo, mi hija seguramente debe haber pensado al punto en su madre, de la cual sabía que habría recibido el suceso con gran alborozo. «¿Qué diría mamá si estuviera ahora junto a mí?». Esta idea, sin duda, le pasó por la mente. Y ahora se agrega a esto mi sueño de mi primera mujer difunta, con la cual sueño muy raramente, de la que tampoco hablé y en la que en ningún momento pensé después del primer sueño.

¿Considera usted casual en ambos casos la coincidencia entre el sueño y el hecho real? Mi hija, que me quiere mucho, seguramente pensó ante todo en mí durante sus horas penosas, quizá también porque muchas veces le escribí dándole consejos sobre su conducta durante el embarazo.

Es fácil adivinar cuál fue mi respuesta a esta carta. Me pesaba el que también en mi corresponsal el interés analítico hubiera sido desplazado tan completamente por el telepático, de manera que eludí su pregunta directa, haciéndole notar que el sueño contenía muchos otros elementos, además de su relación con el nacimiento de sus mellizos, rogándole, pues, me comunicara datos y asociaciones que me permitieran interpretar el sueño.

En respuesta recibí la siguiente segunda carta, que por cierto no satisfizo del todo mis deseos:

Sólo hoy encuentro ocasión para responder a su amable carta del 24 de este mes. Estoy muy dispuesto a comunicarle, «sin lagunas ni reticencias», todas las asociaciones que se me ocurran; pero, por desgracia, no son muchas, y seguramente habría producido más en una entrevista personal.

Ni mi mujer ni yo deseamos tener más hijos. Por otra parte, apenas tenemos relaciones sexuales, y, en todo caso, en la época del sueño no existía «peligro» alguno. Naturalmente, el parto de mi hija, esperado para mediados de diciembre, fue frecuente objeto de nuestras conversaciones. Mi hija había sido revisada y radiografiada en el verano, estableciendo el médico que tendría un varón. Mi mujer dijo alguna vez: «¡Cómo me reiría si ahora naciese una niña!». También opinó en cierta ocasión que sería mejor si fuese un H... y no un G... (apellido de mi yerno), pues mi hija es más bella y apuesta que mi yerno, aunque éste es oficial de Marina. Yo me suelo ocupar con problemas de herencia, y tengo la costumbre de observar a los niños pequeños para ver a quién se parecen. Y aún otra cosa: tenemos un perrito que por la noche se sienta junto a nuestra mesa, recibe su comida y lame todos los platos y fuentes. Todo este material vuelve a aparecer en el sueño.

A mí me gustan mucho los pequeñuelos, y muchas veces expresé que me agradaría volver a criar a un niño, especialmente ahora, cuando podría hacerlo con mucha más comprensión, interés y calma; pero no quisiera tener un hijo con mi mujer, que carece de aptitudes para educar racionalmente a un niño. Ahora bien: el sueño me depara dos hijos, sin que pueda establecer el sexo. Aún hoy los veo con nitidez, acostados en su cuna, y reconozco claramente sus rasgos: los del primero, más míos; los del otro, más de mi mujer; pero cada uno de ellos con pequeños rasgos del otro. Mi mujer tiende a ser pelirroja; pero uno de los niños tiene cabellos de color castaño con tinte rojizo. Yo digo: «Bueno; también ése se volverá pelirrojo más adelante». Ambos niños gatean por una gran batea de lavar, en la que mi mujer ha estado cociendo una mermelada; los niños lamen su fondo y los bordes (esto forma parte del sueño). El origen de ese detalle es fácilmente comprensible, como, por otra parte, todo el sueño no ofrece dificultades y se interpreta con facilidad, excepto en el hecho de que haya coincidido casi a la hora con el nacimiento inesperadamente anticipado (en tres semanas) de mis nietos (no puedo establecer con certeza cuándo comenzó el sueño; mis nietos nacieron a las nueve y a las nueve y cuarto; yo me acosté a las once y soñé esa misma noche); además, es interesante que nosotros ya supiéramos que iba a ser un varón. Naturalmente, la duda de si esta predicción –varón o mujer– sería exacta puede hacer que en el sueño aparezcan mellizos; pero aún queda por explicar la coincidencia temporal entre el sueño de los mellizos y el nacimiento, acaecido con tres semanas de antelación.

No es la primera vez que sucesos lejanos llegan a mi conciencia antes de que tenga noticia de ellos. He aquí un ejemplo entre muchos otros. En octubre me visitaron mis tres hermanos. Desde hacía treinta años no nos habíamos reunido todos, aunque muchas veces no habíamos visto por separado, salvo breves encuentros en el entierro de mi padre y en el de mi madre. El fallecimiento de ambos era de esperar, y en ningún modo lo «presentí». Pero cuando mi hermano menor murió repentina e inesperadamente a los diez años de edad, hace de esto unos veinticinco años, al traerme el cartero la carta con la noticia de

comprensible abreviación, ¡cuántos datos esenciales ha omitido o retenido, cuántas vinculaciones aparecen desplazadas!; más aún: ¡cuántas inexactitudes y falsedades nos ha contado la vez primera! Creo que no se me considerará excesivamente escrupuloso si, bajo las presentes circunstancias, me resisto a juzgar si este sueño corresponde a un fenómeno telepático o a una muy refinada producción inconsciente del soñante, o bien si ha de ser considerado simplemente como un producto de la casualidad. Hemos de aplazar nuestro afán científico para una oportunidad futura, en la que quizá dispongamos de un profundo estudio personal del sujeto. Con todo, nadie podrá quejarse de que el resultado de mi investigación sea defraudante, pues ya he advertido que no averiguaríamos nada que pudiera arrojar alguna luz sobre el problema de la telepatía.

Si pasamos ahora a la elaboración analítica de este sueño, debemos volver a confesar el descontento que nos ocasiona. También aquí nos resulta insuficiente el material de ideas que el protagonista vincula con el contenido manifiesto, pues con tales informaciones no podemos emprender un análisis onírico satisfactorio. Así, por ejemplo, el sueño se refiere minuciosamente al parecido de los niños con los padres; indica el color de sus cabellos y su probable transformación futura; en cambio, para aclarar estos detalles, tan profusamente expuestos, sólo contamos con la escueta información de que el soñante siempre se ha interesado por cuestiones de herencia y del parecido entre hijos y padres. ¡Esto es, por cierto, mucho menos de lo que solemos exigir! Pero *una* parte del sueño es accesible a la interpretación analítica; precisamente en ella el análisis, que en general nada tiene que ver con el ocultismo, viene a colaborar de manera extraña con la telepatía. Tan sólo a causa de este fragmento me atreví a embargar el interés de mis lectores con este sueño.

Considerándolo bien, este sueño no tiene ningún derecho a ser calificado de «telepático». No informa al soñante sobre un suceso ajeno a su conocimiento que acaece simultáneamente en un lugar distante; por el contrario, lo que el sueño nos cuenta es algo muy distinto del suceso sobre el cual informa un telegrama llegado el día subsiguiente al de aquél. El sueño y el suceso discrepan en un punto sumamente importante, y sólo coinciden –abstrayendo de su simultaneidad– en otro elemento muy interesante. En el sueño, la *mujer* del protagonista ha tenido mellizos. Pero el acaecimiento consiste en que su *hija*, radicada en otra ciudad, ha dado a luz mellizos. El protagonista no pasa por alto esta diferencia, pero no parece disponer de un recurso para superarla, y dado que, según su propia indicación, no tiene preferencia por el ocultismo, sólo se atreve a preguntar tímidamente si la coincidencia entre el sueño y la realidad, en punto al nacimiento de los mellizos, no podría ser algo más que una coincidencia fortuita. Pero la interpretación psicoanalítica viene a destruir esta diferencia entre el sueño y la realidad, concediendo a ambos el mismo contenido. En efecto, si recurrimos al material de asociaciones relacionadas con este sueño, observamos, pese a su parquedad, que aquí existe una profunda vinculación afectiva entre el padre y la hija, vinculación tan común y natural que haríamos bien en dejar de avergonzarnos por ella, ya que en la vida real sólo se expresa como cariñoso interés, manifestando únicamente en el sueño sus consecuencias últimas. El padre sabe que la hija lo quiere mucho; está convencido de que en sus horas de dolor ha pensado mucho en él; creo que en el fondo no se la ha cedido al yerno, a quien alude en su carta con una observación despectiva. En ocasión de su parto (esperado o telepáticamente percibido) se agita en el inconsciente el deseo reprimido: «Sería mejor que ella fuese mi (segunda) mujer», y es este deseo el que deforma la idea onírica y el que lleva a la diferencia entre el contenido onírico manifiesto y el suceso real. Tenemos derecho de sustituir por la hija a la segunda esposa, que aparece en el sueño. Si dispusiéramos de más material al respecto, seguramente podríamos fundamentar y profundizar esta interpretación.

Y ahora llego a lo que quería demostrar. Hemos tratado de ajustarnos a la más estricta imparcialidad, presentando dos concepciones del sueño como igualmente posibles e igualmente indemostradas. De acuerdo con la primera, aquél sería una reacción frente a un mensaje telepático: «Tú hija acaba de dar a luz mellizos». De acuerdo con la segunda, el sueño se basa sobre una elaboración inconsciente que podría traducirse aproximadamente así: «Hoy es el día en que debería suceder el parto si, como en realidad supongo, los jóvenes de Berlín erraron sus cálculos en un mes. Si aún viviese mi (primera) mujer, no estaría satisfecha con un solo nieto. Para darle gusto, por lo menos tendrían que ser mellizos». Si esta segunda interpretación es acertada, ya no nos encontramos ante nuevos problemas. Es simplemente un sueño como cualquier otro. A la mencionada idea onírica (preconsciente) se ha agregado el deseo (inconsciente) de que ninguna otra, sino la hija, debería haber llegado a ser la esposa del protagonista, y de esta manera se formó el sueño manifiesto que nos ha sido comunicado.

Pero si preferimos aceptar que el durmiente ha recibido el mensaje telepático del parto de su hija, entonces surgen nuevos interrogantes con respecto a la relación de semejante mensaje con el sueño y a su influencia sobre la formación onírica. En tal caso es fácil obtener la respuesta y podemos formularla inequívocamente. El mensaje telepático es tratado como una parte del material formador del sueño, como un nuevo estímulo externo o interno, análogo a un ruido perturbador que llega de la calle o a una imperiosa sensación orgánica del soñante. En nuestro caso es evidente cómo este mensaje es elaborado hasta convertirse en realización del deseo, a través de un deseo reprimido que se encuentra al acecho; pero desgraciadamente no se puede demostrar con tanta claridad cómo se condensa con otro material despertado al mismo tiempo para formar un sueño. De modo que el mensaje telepático –si realmente hemos de aceptar su existencia– nada puede modificar en la formación onírica, y la telepatía nada tendría que ver con la esencia del sueño. Para evitar la impresión de que pretendo esconder una incertidumbre tras un término abstracto y altisonante, estoy dispuesto a repetir: la esencia del sueño consiste en el enigmático proceso de la elaboración onírica, que, con ayuda de un deseo inconsciente, convierte ideas preconscientes (restos diurnos) en un contenido onírico manifiesto. Pero el problema de la telepatía tiene tan poca injerencia en el sueño como el problema de la angustia.

Espero que esto será aceptado; pero no se tardará en objetar que también existen otros sueños telepáticos en los cuales no aparece diferencia alguna entre el suceso y el sueño y en los que nada se puede hallar sino la reproducción fiel del suceso. Tampoco conozco semejantes sueños telepáticos por experiencia propia; pero sé que han sido descritos con frecuencia. Supongamos que nos encontrásemos ante semejante sueño telepático puro, no deformado, y entonces se nos planteará una nueva pregunta: ¿acaso se puede denominar «sueño» a semejante vivencia telepática? Nadie vacilará en hacerlo así, siempre que se ajuste al lenguaje popular, para el que cuanto sucede en la vida psíquica, durante el reposo, es sueño. Quizá también se pueda decir: «Me he desperezado en el sueño», y seguramente no se considerará incorrecto decir: «He llorado en el sueño», o: «He tenido miedo en el sueño». Pero sin duda advertiremos que en todos estos casos se confunde indistintamente el sueño (fenómeno onírico) con el dormir o el reposo. Creo que, en interés de la exactitud científica, convendría que separemos mejor «soñar» y «dormir». ¿Por qué habríamos de renovar la confusión creada por Maeder al querer atribuir una nueva función al sueño, rechazando la separación entre la elaboración onírica y el contenido onírico latente? De modo que, si nos encontrásemos ante semejante «sueño» puramente telepático, deberíamos considerarlo más bien como una vivencia telepática ocurrida durante el reposo. Un sueño sin condensación, deformación, dramatización y, ante todo, sin realización de deseo, no merece ser calificado de tal. Se advertirá que aún existen otras producciones psíquicas en el reposo, a las cuales también habría que negar justificadamente el apelativo «sueño». Puede suceder que las vivencias diurnas reales sean repetidas simplemente al dormir, y son precisamente las reproducciones de escenas traumáticas en el sueño las que nos han incitado no hace mucho a revisar nuestra teoría onírica; además, hay sueños que se diferencian de los comunes por propiedades muy particulares y que en realidad no son sino fantasías nocturnas, conservadas sin modificación ni contaminación y enteramente análogas en lo restante a las conocidas fantasías diurnas. Seguramente sería un error excluir estos fenómenos de la categoría de los sueños. Pero todos ellos provienen de dentro, son productos de nuestra vida psíquica, mientras que, por definición, el «sueño telepático» genuino representa una percepción exterior frente a la cual la actividad psíquica adopta una posición receptiva y pasiva.

2

El segundo caso que quiero presentar pertenece en realidad a otro grupo. No nos ofrece un sueño telepático, sino uno repetido en una misma persona desde los años de la infancia, habiendo tenido aquélla, además, múltiples experiencias telepáticas. La carta en la cual me lo comunica, que reproduzco a continuación, contiene muchos elementos enigmáticos, sobre los que nos está vedado emitir juicio. Algunos de ellos pueden ser aplicados a la relación entre la telepatía y el sueño.

1. ...Mi médico, el doctor N..., me aconsejó le comunicara un sueño que me persigue desde hace unos treinta a treinta y dos años. Me ajusté a su consejo, y quizá le interese el sueño en sentido científico. Dado que, según su opinión, los sueños semejantes pueden ser reducidos a una vivencia de índole sexual acaecida durante los primeros años de la infancia, agrega algunos recuerdos de esa época; se trata de vivencias que aún me impresionan, que han tenido profunda repercusión sobre mí y que fueron decisivas al determinar la religión que profeso.

Me permito rogarle que, una vez estudiado, me explique usted cómo interpreta este sueño y si no sería posible hacerlo desaparecer de mi existencia, pues me persigue como un fantasma y me causa gran desagrado y pesar, debido a las circunstancias que lo acompañan, pues cada vez que aparece me caigo del lecho, habiéndome producido ya lesiones bastante considerables.

2. Cuento treinta y siete años de edad; soy muy fuerte y sana físicamente; en la infancia padecí, además del sarampión y la escarlatina, una nefritis. A los cinco años sufrí una oftalmía muy grave, que dejó una diplopía como secuela. Las imágenes están situadas oblicuamente, una respecto de la otra; sus contornos están esfumados, porque las cicatrices que dejaron las úlceras perturban la claridad de la visión. Sin embargo, de acuerdo con el criterio de los especialistas, mis ojos ya no son susceptibles de ninguna mejoría. Debido a que me veo obligada a entornar el ojo izquierdo para ver con mayor claridad, la mitad correspondiente de mi rostro se ha deformado, contrayéndose hacia arriba. Con ejercicio y fuerza de voluntad soy capaz de realizar las más delicadas labores manuales; además, cuando tenía seis años de edad, me acostumbré ante el espejo a no mirar de reojo, de modo que exteriormente nada se advierte hoy de mi defecto ocular.

Desde los más tempranos años de mi infancia siempre busqué la soledad; evitaba a otros niños y ya tenía apariciones (auditivas y visuales); pero no era capaz de distinguirlas de la realidad, de modo que caía en conflictos que me convirtieron en un ser muy retraído y tímido. Dado que ya como niña muy pequeña sabía mucho más de lo que había podido aprender, simplemente no comprendía a mis compañeros de edad. Yo misma soy la mayor de doce hermanos y hermanas.

Entre los seis y los diez años de edad fui a la escuela comunal, y luego, hasta los dieciséis, a la escuela superior de las Hermanas Ursulinas, en B... Cuando tenía diez años aprendí en cuatro semanas, es decir, en ocho clases de repaso, tanto francés como otros niños aprenden en dos años. No tenía más que repetir cuanto oía; era como si ya lo hubiese aprendido alguna vez y sólo lo tuviera olvidado. En general, jamás me fue preciso esforzarme para aprender francés, al contrario de lo que me pasa con el inglés, que si bien no me ocasiona dificultades, siempre me fue como desconocido. Con el latín me sucedió algo semejante al francés, pues en realidad nunca me fue necesario aprenderlo; aunque sólo lo conozco por la iglesia, me resulta completamente familiar. Cuando leo actualmente un libro francés, enseguida me pongo a pensar en esa lengua, cosa que no ocurre con la inglesa, pese a que la domino mejor. Mis padres son aldeanos que durante generaciones enteras jamás han hablado sino alemán y polaco.

VISIONES: A veces desaparece por unos instantes la realidad y veo algo completamente distinto. En casa, por ejemplo, veo muchas veces a una pareja anciana con un niño, y las habitaciones tienen entonces un moblaje distinto. Cuando aún estaba en el sanatorio, hacia las cuatro de la mañana vi entrar a mi amiga: yo estaba despierta, tenía la lámpara encendida y me encontraba sentada junto a la mesa, leyendo, dado que sufro mucho de insomnio. Esta visión siempre me anuncia algo malo, cosa que también sucedió en esa ocasión.

En 1914 mi hermano estaba en el frente, y yo no me encontraba con mis padres en B..., sino en Ch... El 22 de agosto, a las diez de la mañana, oí de pronto la voz de mi hermano, que gritaba: «¡Madre, madre!». A los diez minutos se repitieron los gritos; pero no vi *nada.* El 24 de agosto volví a casa, encontrando a mi madre muy deprimida, y al interrogarla me comunicó que mi hermano se había presentado a filas el 22 de agosto. Por la mañana, estando en el jardín, lo oyó gritar: «¡Madre, madre!». Yo la consolé y no le dije nada de mi experiencia. Tres semanas más tarde llegó una carta de mi hermano, escrita el 22 de agosto entre nueve y diez de la mañana; poco después murió.

El 27 de septiembre de 1921 recibí un mensaje en el sanatorio. Dos o tres veces oí golpear fuertemente a la cama de mi compañera de habitación. Ambas estábamos despiertas, y yo le pregunté si había golpeado; pero ella ni siquiera había oído nada. Ocho semanas después me enteré de que una de mis amigas había muerto la noche del 26 al 27.

Ahora, algo que puede ser una ilusión sensorial; pero eso es cuestión de opiniones. Tengo una amiga que se casó con un viudo con cinco hijos; al marido sólo lo conocí por intermedio de mi amiga. Cada vez que voy a su casa veo entrar y salir de ella a una señora. Era fácil suponer que se trataba de la difunta mujer de este hombre. Una vez pedí un retrato de aquélla; pero no pude identificar a la aparición con la fotografía. Siete años más tarde vi en manos de uno de los niños una imagen con los rasgos de aquella mujer. Por consiguiente, era, en efecto, la primera esposa. En la fotografía tenía un aspecto muy mejorado, pues precisamente acababa de someterse a una dieta de engorde y por eso no parecía en absoluto una enferma pulmonar. Éstos sólo son algunos ejemplos entre muchos otros.

SUEÑO: *Veo una península rodeada de agua. Las olas rompen sobre la playa y refluyen violentamente. En la península hay una palmera algo torcida hacia el agua. Una mujer está abrazada al tronco y se inclina todo lo posible sobre el agua, donde un hombre trata de alcanzar la tierra. Finalmente, la mujer se acuesta en el suelo, se aferra con la mano izquierda a la palmera y tiende cuanto puede la derecha hacia el hombre que está en el agua, pero sin alcanzarlo.*

Con esto me caigo del lecho y me despierto. Tenía unos quince a dieciséis años cuando me di cuenta de que yo misma era esa mujer, y desde entonces no sólo he compartido la angustia de la mujer por el hombre, sino que a veces también aparezco como espectadora indiferente, contemplando la escena. También he soñado esta vivencia en varias fases. Al despertarse mi interés por el sexo masculino –entre los dieciocho y veinte años– trataba de reconocer el rostro del hombre; pero jamás pude lograrlo, pues la espuma de las olas sólo dejaba ver la nuca y la parte posterior del cráneo. Estuve comprometida dos veces; pero, según la cabeza y la forma del cuerpo, no se trataba de ninguno de mis novios. Encontrándome una vez en el sanatorio, embriagada con paraldehído, vi el rostro del hombre, que desde entonces aparece en todos los sueños. Es el del médico que me trataba en el sanatorio, y que, si bien me resulta simpático como tal, no me atrae por vínculo alguno.

RECUERDOS: Entre los seis y los nueve meses: estoy en mi cuna, y a mi derecha hay dos caballos; uno de ellos, un alazán, me mira fijamente con los ojos muy abiertos. Ésta es mi vivencia más intensa; tuve la impresión de que era un ser humano.

AL AÑO DE EDAD: Mi padre y yo estamos en el parque, donde un guardián pone en mis manos un pajarito. Sus ojos me miran, y yo siento otra vez: «He aquí un ser igual a ti misma».

MATANZA DE ANIMALES: Cada vez que chillaban los cerdos, yo pedía auxilio y gritaba: «¡Estáis matando a un hombre!». (A los cuatro años.) Siempre me he negado a comer carne, y la de cerdo me produce vómitos. Sólo en la guerra aprendí a comer carne, pero con gran repugnancia; ahora me estoy desacostumbrando de nuevo.

A LOS CINCO AÑOS: Mi madre estaba para dar a luz, y yo la oí gritar; tenía la impresión de que un animal o un hombre se encontraba en el mayor peligro, igual que cuando sacrificaban a los animales.

En cuanto a lo sexual, de niña fui completamente indiferente, y a los diez años los pecados contra la castidad aún no cabían en mi entendimiento. A los doce años comencé a menstruar. Sólo a los veintiséis años, después de haber tenido un hijo, despertó en mí la mujer, pues hasta entonces (durante medio año) siempre había tenido fuertes vómitos durante el acto sexual. También posteriormente vomitaba ante la menor contrariedad.

Tengo una extraordinaria capacidad de observación y un oído excepcionalmente agudo, estando también muy desarrollado el sentido del olfato. Con los ojos vendados puedo identificar por su olor a personas conocidas que se encuentran entre otras desconocidas.

No atribuyo mi sensibilidad olfatoria y auditiva a ninguna anormalidad, sino a una agudeza sensorial y a una más rápida capacidad de combinación; pero de todo esto sólo hablé con mi maestro de religión y con el doctor N..., aunque a él sólo se lo conté de mala gana, porque temía oír que todo esto, que yo misma considero virtudes, son en realidad defectos; además, en mi juventud me torné muy tímida debido a la incomprensión de los demás.

El sueño cuya interpretación nos pide la remitente no es difícil de comprender. Es un sueño de salvación de las aguas, es decir, un típico sueño de nacimiento. Como sabemos, el lenguaje simbólico no conoce gramática; es un caso extremo de lenguaje en infinitivo, en el que tanto la voz activa como la pasiva aparecen expresadas en una misma imagen. Si en el sueño una mujer extrae del agua a un hombre (o quiere extraerlo), eso puede significar que ella quiere ser su madre (acepta al hombre como hijo, igual que la princesa egipcia a Moisés), o bien que quiere ser madre por su intermedio, es decir, tener un hijo con él, hijo que, siendo su imagen carnal, le es equiparado. El tronco al cual se abraza la mujer puede ser interpretado fácilmente como símbolo fálico, por más que no se encuentre erecto, sino inclinado hacia el agua (en el sueño dice «torcido»). Las olas que avanzan y se retiran inspiraron una vez a otra mujer, que produjo un sueño muy semejante, la asociación con los dolores intermitentes del parto; cuando le pregunté cómo conocía este carácter del trabajo obstétrico no habiendo tenido hijos, me dijo que se imaginaba los dolores como una especie de cólicos, concepción que es fisiológicamente exacta. Asoció a ello «Las olas del mar y las del amor». Naturalmente, no atino a decidir de dónde pudo haber sacado nuestra soñante en años tan precoces la minuciosa elaboración del símbolo (península, palmera). Por otra parte, no olvidemos que cuando alguien afirma ser perseguido desde hace años por idéntico sueño, muchas veces resulta que no es manifiestamente el mismo sueño. Sólo es el mismo núcleo el que reaparece; pero los detalles del contenido han sido modificados o se han agregado algunos nuevos.

Al final de este sueño, evidentemente angustioso, la soñante se cae de la cama. He aquí una nueva representación del parto. Los análisis de las fobias a las alturas, del temor al impulso de precipitarse por la ventana, llevan, sin duda alguna, a idéntica intepretación.

Pero ¿quién es el hombre con el que la soñante desea tener un hijo o de cuyo símil desearía ser la madre? Muchas veces se esforzó por ver sus facciones, pero el sueño no se lo permitió: el hombre había de quedar incógnito.

Innumerables análisis nos han enseñado el significado de este ocultamiento, y nuestra deducción por analogía es confirmada por otro dato que nos suministra la protagonista. En una embriaguez aldehídica reconoció el rostro del hombre aparecido en el sueño, identificándolo con el del médico que la atendía y que nada significaba para su afectividad consciente. De modo que el personaje original jamás se manifestó; pero su representación en la «transferencia» permite deducir que siempre se trataba del padre. ¡Cuán acertado estuvo Ferenczi cuando señaló los «sueños de los incautos» como los más preciosos documentos para confirmar nuestras hipótesis analíticas! Nuestra soñante es la mayor de doce hijos. ¡Cuántas veces hubo de sufrir celos y decepciones por no ser ella, sino la madre, quien tenía el anhelado hijo del padre!

Con muy buen tino, nuestra soñante comprendió que sus primeros recuerdos infantiles serían los más útiles para interpretar su precoz y reiterado sueño. En la primera escena, anterior al año de edad, está sentada en su cuna, y junto a ella hay dos caballos, uno de los cuales la mira fijamente, con los ojos muy abiertos. Considera ésta como su vivencia más fuerte, teniendo la impresión de que se trataba de un ser humano. Pero nosotros sólo podremos compartir esta impresión aceptando que en este caso como en tantos otros los dos caballos representan a la pareja parental, es decir, al padre y a la madre. Este recuerdo sería entonces algo así como un destello del totemismo infantil. Si tuviéramos ocasión de conversar con nuestra corresponsal, le preguntaríamos si por el color no reconoce al padre en el alazán que la mira tan humanamente. El segundo recuerdo está asociativamente vinculado al primero por idéntica «mirada comprensiva»; pero el acto de tomar un pajarillo en la mano significa para el analista –perdidamente dominado por sus prejuicios, como está– otro rasgo del sueño que coloca la mano de la mujer en relación con un nuevo símbolo fálico.

Los dos recuerdos siguientes forman un conjunto y ofrecen dificultades aún menores a la interpretación. Los gritos de la madre durante el parto le recuerdan directamente los chillidos de los cerdos al matarlos y la precipitan en idéntico arrebato de compasión. Pero nosotros también suponemos que aquí se denota una intensa reacción contra un maligno deseo de muerte dirigido hacia la madre.

Con estas alusiones al cariño por el padre, al contacto genital con éste y a los deseos homicidas contra la madre queda completado el esquema del complejo edípico femenino. La ingenuidad sexual largo tiempo mantenida y la frigidez posterior concuerdan con estas premisas. Virtualmente –y en ciertas épocas también efectivamente–, nuestra corresponsal llegó a convertirse en una histérica. Felizmente, las fuerzas de la vida la arrastraron consigo y le permitieron alcanzar la sensibilidad sexual femenina, la felicidad maternal y múltiples capacidades productivas; pero una parte de su libido aún se mantiene adherida a los puntos infantiles de fijación; sigue soñando aquel sueño que la precipita de la cama y que la castiga con «lesiones bastante considerables» por su incestuosa elección de objeto.

Nuestra corresponsal pretendía que la información epistolar suministrada por un médico desconocido lograra lo que no consiguieron las más poderosas vivencias; probablemente, un análisis completo habría alcanzado tal fin en un tiempo más o menos prolongado. Dadas las circunstancias, hube de conformarme con escribir a esta mujer que estaba convencido de que ella sufría las consecuencias de una fuerte vinculación afectiva al padre y de la correspondiente identificación con la madre, manifestando mis dudas acerca de que esta aclaración le produjera algún beneficio. Por lo general, las curaciones espontáneas de las neurosis dejan cicatrices que de tiempo en tiempo se tornan dolorosas. Nosotros ya estamos muy orgullosos de nuestro arte cuando el psicoanálisis nos permite lograr una cura, pero tampoco con ella conseguimos evitar siempre que el resultado consista en la formación de una cicatriz dolorosa.

La breve serie de recuerdos comunicados por nuestra corresponsal aún ha de ocuparnos algo más. Una vez afirmé que tales escenas infantiles son «recuerdos encubridores», escogidos, vinculados y, al mismo tiempo, muchas veces falseados en una época posterior a la de su ocurrencia. Muchas veces se puede adivinar la tendencia a cuyo servicio se produce esta elaboración posterior. En nuestro caso casi es posible oír al *yo* de la mujer que trata de alabarse o de calmarse mediante esta serie de recuerdos: «Desde muy pequeña fui una criatura particularmente noble y compasiva. Muy temprano reconocí que los animales tienen alma, como nosotros, y no soporté la crueldad frente a ellos. Los pecados de la carne fueron ajenos para mí y conservé mi virginidad hasta años muy tardíos». Con esta declaración nuestra corresponsal contradice en voz alta las hipótesis sobre su primera infancia que nuestra experiencia analítica nos lleva a establecer: que aquélla estuvo colmada de impulsos sexuales prematuros y de violentas tendencias agresivas contra la madre y contra los hermanos menores. (El pajarillo, además de la significación genital que le adjudicamos, también puede ser el símbolo de un niño pequeño, como todos los animales pequeños en general; por otra parte, el recuerdo subraya enfáticamente la equiparación de este pequeño ser con ella misma.) De tal manera, esta breve serie de recuerdos constituye un hermoso ejemplo de una formación psíquica en dos planos. Considerada superficialmente, expresa un pensamiento abstracto, que en este caso, como por lo común, tiene contenido ético, es decir, según la denominación de V. Silberer, es de tema *anagógico.* Observándola más profundamente, se nos presenta como una cadena de hechos procedentes de la vida instintiva reprimida, manifestando su contenido *psicoanalítico.* Como se sabe, Silberer, que fue uno de los primeros en conminarnos a no olvidar la parte más noble del alma humana, sustentó la afirmación de que todos los sueños, o la mayoría de ellos, aceptan semejante interpretación doble: una, más pura, anagógica, además de la común, psicoanalítica. Mas, desgraciadamente, no sucede así; por el contrario, en muy raros casos se puede llegar a tal sobreinterpretación; además, que yo sepa, hasta ahora no ha sido publicado ningún ejemplo útil de semejante análisis onírico con doble sentido. En cambio, en las series asociativas que nuestros pacientes expresan en el tratamiento analítico pueden efectuarse con relativa frecuencia tales observaciones. Las ocurrencias sucesivas se vinculan, por un lado, a través de una asociación bien clara que transcurre por todas ellas; pero, por el otro, nos llevan a un tema más profundo, secreto, que participa simultáneamente en todas estas asociaciones. La contradicción entre ambos temas que dominan una misma serie asociativa no es siempre la de lo excelso –anagógico– con lo mezquino –analítico–, sino más bien la de lo *escandaloso* y lo *decente* o indiferente, contradicción que nos permitirá comprender con mayor facilidad el motivo por el cual aparece tal serie asociativa con doble determinación. Desde luego, en nuestro ejemplo no es casualidad que la anagogía y la interpretación psicoanalítica aparezcan con contradicción tan violenta; ambas se refieren a un mismo material, y la tendencia más reciente es precisamente la que corresponde a las formas reactivas, erigidas contra los impulsos instintuales repudiados.

Pero, ¿por qué habríamos de buscar una interpretación psicoanalítica, en lugar de conformarnos con la anagógica, más inmediata? Esto se debe a muchas causas: a la existencia de la neurosis en general, a las explicaciones que ésta exige, al hecho de que la virtud no torna a los hombres tan felices y fuertes como cabría esperar, cual si aún estuviera demasiado cargada con el peso de su origen –tampoco nuestra soñante ha sido recompensada adecuadamente por su virtud–; por fin, hay muchos otros motivos para nuestra actitud, que no será necesario repetir aquí.

Pero hasta ahora hemos dejado completamente a un lado la telepatía, segunda determinante de nuestro interés por este caso. Es hora de que volvamos a ella. En cierto sentido, este caso nos ofrece menos dificultades que el del señor G... En una persona que con tal facilidad, y ya en la más temprana juventud, escapa a la realidad para precipitarse en el mundo de la fantasía, es excesivamente poderosa la tentación de vincular las experiencias telepáticas y las «visiones» con la neurosis, atribuyendo aquéllas a ésta, aunque tampoco aquí hemos de adjudicar valor decisivo a nuestra interpretación. Tan sólo sustituimos lo desconocido e incomprensible por hipótesis comprensibles.

El 22 de agosto de 1914, a las diez de la mañana, a nuestra corresponsal le llega la percepción telepática de que su hermano, a la sazón en el frente, exclama: «¡Madre, madre!». El fenómeno es puramente acústico; se repite poco después, pero no lo acompaña ninguna visión. Dos días más tarde se encuentra con su madre y la ve muy preocupada porque el hermano se le ha anunciado con la exclamación repetida: «¡Madre, madre!». Inmediatamente recuerda idéntico mensaje telepático, recibido al mismo tiempo que la madre, y, en efecto, luego de algunas semanas comprueba que el joven guerrero murió aquel día, a la hora mencionada.

No es posible demostrar –pero tampoco se puede negar– que el proceso haya sido el siguiente: cierto día la madre le comunica que su hijo se le ha anunciado telepáticamente. Inmediatamente aparece en ella la convicción de que, al mismo tiempo, tuvo idéntica experiencia. Semejantes ilusiones mnemónicas aparecen con una intensidad obsesiva que emana de fuentes reales, pero convierten una realidad psíquica en una realidad material. La fuerza de la ilusión mnemónica se debe a que expresa adecuadamente la tendencia de la hermana a identificarse con la madre. «Tú te preocupas por el muchacho, pero en realidad es hijo mío, de modo que en su exclamación se dirigió a mí; soy yo quien ha recibido aquel mensaje telepático.» Naturalmente, la hermana rechazaría enérgicamente nuestra tentativa de explicación y se aferraría a su fe en la propia vivencia. Pero es que no puede hacer otra cosa; debe creer en la realidad del hecho patológico mientras le sea desconocida la realidad de sus motivos inconscientes. La fuerza y la inconmovilidad de todo delirio se deben a su derivación de una realidad psíquica inconsciente. Sólo quiero mencionar que aquí no hemos de explicar la vivencia de la madre ni su carácter objetivo.

Pero el hermano fallecido no es tan sólo el hijo imaginario de nuestra corresponsal, sino que también representa a un rival, odiado ya en el momento de su nacimiento. La mayoría de las visiones telepáticas se refieren a la muerte y a las posibilidades de muerte; a nuestros pacientes que nos informan sobre la frecuencia y la certeza de sus presunciones funestas, les podemos demostrar con idéntica seguridad que albergan particularmente intensos deseos inconscientes de muerte contra sus allegados y que por ello los contienen desde hace mucho tiempo. El paciente cuya historia presenté el año 1909 en las *Observaciones sobre un caso de neurosis obsesiva*[3] era un ejemplo de éstos; sus parientes le solían llamar «cuervo»; pero cuando este hombre amable e ingenioso -muerto, entretanto, en la guerra- entró en camino de mejoría, él mismo me facilitó la aclaración de sus tramoyas psicológicas. La comunicación contenida en la carta de nuestro primer corresponsal, de cómo él y sus tres hermanos recibieron la noticia de que había muerto el menor como si fuera algo conocido desde hacía mucho tiempo, tampoco parece exigir otra explicación. Los hermanos mayores seguramente nutrieron todos la misma convicción de lo superfluo que era para ellos este más joven de los vástagos.

He aquí otra «aparición» de nuestra soñante, que quizá nos sea más fácil comprender mediante la interpretación analítica. Las amigas tuvieron, evidentemente, gran importancia en su vida afectiva. La muerte de una de ellas se le anunció hace poco, en el sanatorio, por golpes nocturnos en la cama de una compañera de habitación. Otra de sus amigas se había casado hacía muchos años con un viudo que tenía varios (cinco) hijos. En casa de aquélla vio regularmente la figura de una mujer que, según hubo de presumir, era la primera esposa fallecida, cosa que al principio no pudo confirmar y de la que sólo al cabo de siete años logró convencerse, al hallar una nueva fotografía de la difunta. Esta alucinación visual y el presagio de la muerte del hermano denotan idéntica dependencia íntima de los complejos familiares que ya conocemos en nuestra corresponsal. Al identificarse con su amiga, pudo satisfacer sus deseos en la persona de ésta, pues todas las hijas mayores de familias muy numerosas producen inconscientemente la fantasía de que al morir la madre podrán convertirse en segunda mujer del padre. Cuando la madre cae enferma o muere, la hija mayor pasa a ser su reemplazante natural frente a los demás hermanos y también puede asumir ante el padre una parte de las funciones de mujer. Lo que falta en esta situación es completado por el deseo inconsciente.

He aquí casi todo lo que me propuse comunicar. Aún podría agregar la observación de que los casos de fenómenos o mensajes telepáticos, aquí comentados, se vinculan claramente con estímulos correspondientes al terreno del complejo de Edipo. Esto puede resultar sorprendente, pero no quisiera considerarlo como un gran descubrimiento. Prefiero volver al resultado que obtuvimos al investigar el sueño de nuestro primer caso. La telepatía nada tiene que ver con la esencia del sueño, ni puede contribuir a profundizar nuestra comprensión analítica del mismo. Por el contrario, es el psicoanálisis el que puede fomentar el estudio de la telepatía, aproximándonos, con ayuda de sus interpretaciones, al entendimiento de muchos elementos incomprensibles que presentan los fenómenos telepáticos, o demostrando que otros fenómenos, aun dudosos, son, en efecto, de índole telepática.

De la vinculación entre la telepatía y el sueño, tan íntima en apariencia, sólo queda la innegable facilitación de la primera por el estado del reposo, aunque éste no sea una condición ineludible para que se den los procesos telepáticos, ya consistan éstos en mensajes o en producciones inconscientes. Si aún no lo supiéramos, bastaría para demostrárnoslo el ejemplo de nuestro segundo caso, en el cual el hermano se anuncia entre las nueve y las diez de la mañana. Sin embargo, debemos reconocer que no se puede dudar de las observaciones telepáticas simplemente porque el suceso y su presentimiento (o el mensaje que lo anuncia) no hayan sucedido en el mismo momento astronómico. Es fácilmente aceptable que el mensaje telepático sea recibido en el instante en que ocurre el suceso provocador, siendo percibido por la consciencia al dormir en la noche siguiente, o aun durante la vigilia, pero tan sólo al cabo de cierto tiempo, durante una pausa de la actividad psíquica. Por otra parte, aceptamos también que la formación onírica puede comenzar antes de iniciarse el reposo, pues las ideas oníricas latentes bien pueden haber sido preparadas durante todo el día, hasta que por la noche entran en conexión con el deseo inconsciente que las convierte en un sueño. Pero si el fenómeno telepático no es más que una producción del inconsciente, entonces no nos encontramos ante nada nuevo. En tal caso sería natural e imprescindible aplicar a la telepatía las leyes de la actividad psíquica inconsciente.

¿Por ventura habré despertado la impresión de que quiero tomar partido a favor del carácter real de la telepatía en el sentido ocultista? Mucho lamentaría si realmente fuese tan difícil evitar semejante impresión, pues en realidad quise ser completamente imparcial. Por lo que a mí me toca, mal podría ser otra mi actitud, pues no tengo derecho a emitir juicio, ya que nada sé al respecto.

Observaciones sobre la teoría y la práctica de la interpretación onírica*

La circunstancia fortuita de haberse impreso en planchas litográficas las últimas ediciones de *La interpretación de los sueños* me obliga a publicar separadamente las siguientes observaciones, que de otro modo habrían tenido cabida en el texto, como modificaciones o complementos.

1

Al interpretar un sueño en el análisis se tiene la elección entre varios procedimientos técnicos distintos.

Se puede proceder: *a) cronológicamente*, dejando que el soñante manifieste sus asociaciones a los elementos oníricos, en el mismo orden con el cual éstos aparecen en la narración del sueño. Ésta es la conducta original, clásica, que aún sigo considerando óptima cuando se analizan los sueños propios.

* 1923.

O bien: *b)* se puede iniciar la labor interpretativa con un determinado *elemento notable* del sueño, tomado de cualquier parte de su conexo; por ejemplo, el trozo más llamativo del mismo o el de mayor claridad, o el que más intensamente se presente a los sentidos o, por fin, se parte de un parlamento contenido en el sueño, del cual se sospecha que llevará al recuerdo de palabras pronunciadas durante el día.

Además: *c)* se puede comenzar por prescindir completamente del contenido manifiesto, preguntando al soñante qué *experiencias del día anterior* asocia al sueño narrado.

Finalmente: *d)* una vez que el soñante se haya familiarizado con la técnica de la interpretación, se puede *renunciar a todo precepto,* preguntándole con qué asociaciones al sueño prefiere comenzar. Con todo, no podría afirmar que una u otra de estas técnicas sea preferible ni que suministre invariablemente los mejores resultados.

2

Mucho más importante es la circunstancia de si la labor interpretativa se lleva a cabo contra una *alta o baja presión de la resistencia,* alternativa que, desde luego, jamás plantea prolongadas dudas al analista. Frente a una presión alta, quizá se llegue a averiguar de qué asunto trata el sueño, pero no se podrá colegir qué quiere decir sobre el mismo. Es como si uno escuchara una conversación lejana o susurrada, sin entenderla. En semejante situación no queda más recurso que reconocer la imposibilidad de una colaboración con el paciente, renunciando a efectuar grandes esfuerzos y a prestarle mayor ayuda, para limitar la interpretación a proponer algunas traducciones de símbolos que se consideran más probables.

En los análisis dificultosos, la mayoría de los sueños pertenecen a esta categoría, de modo que no podemos aprender gran cosa con ellos sobre la naturaleza y el mecanismo de la formación onírica; desde luego será aún más remota la posibilidad de obtener respuesta a nuestra pregunta predilecta sobre el punto en que se esconde la realización del deseo en cada sueño particular.

Ante una resistencia de presión extremadamente alta suele ocurrir el fenómeno de que las asociaciones del soñante se desplieguen en superficie, sin penetrar en profundidad. En lugar de las buscadas asociaciones al sueño narrado aparecen sin cesar nuevos trozos del mismo, que a su vez quedan exentos de asociaciones. Sólo cuando la resistencia se mantiene en límites moderados y la labor interpretativa transcurre según el conocido plan, vale decir: al principio, las asociaciones del soñante *divergen* ampliamente de los elementos manifiestos, de modo que llegan a tocar gran número de temas y de grupos imaginativos; más tarde, una segunda serie de asociaciones *converge* rápidamente desde aquéllos a las ideas oníricas buscadas.

En tal caso también será posible que el psicoanalista colabore con el paciente, actitud que ni siquiera sería adecuada frente a una alta presión de la resistencia.

Cierto número de sueños que aparecen durante el análisis son intraducibles, a pesar de que en ellos la resistencia no ocupa, precisamente, el primer plano. Es que estos sueños representan versiones libres y arbitrarias de las ideas oníricas latentes que los mueven, pudiendo comparárselos con creaciones poéticas bien logradas, pero artificiosamente elaboradas, que si bien aún permiten reconocer sus temas fundamentales, los presentan arbitrariamente trastrocados y modificados. En el tratamiento, estos sueños sirven como introducciones a pensamientos y recuerdos del paciente, sin que su contenido mismo haya de ser tomado en consideración.

3

Se pueden discernir *sueños de arriba* y *sueños de abajo,* siempre que no se pretenda aplicar esta diferencia con excesiva rigidez. Los sueños de abajo son los animados por un deseo inconsciente (reprimido) que ha logrado hacerse representar por algún resto diurno cualquiera. Son comparables a las irrupciones de lo reprimido que ocurren durante la vida diurna. Los sueños de arriba deben ser equiparados a pensamientos o propósitos diurnos que durante la noche consiguieron ser reforzados por lo reprimido, separado del *yo.* Por regla general, el análisis pasa por alto a este aliado inconsciente, dedicándose a incluir las ideas oníricas latentes en los lugares que les corresponden en la trama del pensamiento diurno. Sin embargo, esta diferenciación entre ambas clases no ha de constituir necesariamente un pretexto para modificar la teoría de los sueños.

4

En muchos análisis –o en determinadas fases de un análisis– se manifiesta un divorcio entre la vida onírica y la diurna, análogamente a la manera en que se aísla del pensamiento vigil la actividad fantástica que inspira una *con-*

tinued story[1] (un sueño diurno novelado). En tal caso, un sueño se concatena con el otro, centralizándose alrededor de un elemento que en el sueño precedente apenas fue rozado como al descuido, etc. Pero es mucho más frecuente el otro caso, el de que los sueños no estén vinculados el uno al otro, sino que se inserten entre los trozos sucesivos del pensamiento diurno.

5

La interpretación de un sueño se divide en dos fases: la de su traducción y la de su apreciación o utilización. Durante la primera el analista no debe dejarse influir por consideración alguna con la segunda. Es como si uno tuviera ante sí un capítulo de un autor extranjero; por ejemplo, de Tito Livio. Ante todo se pretenderá saber qué nos cuenta Livio en este capítulo, y sólo más tarde se planteará la discusión de si lo leído es una crónica histórica, una leyenda o una disquisición del autor.

Pero ¿qué deducciones se pueden extraer de un sueño correctamente traducido? Tengo la impresión de que, al respecto, la práctica del análisis no siempre ha evitado los errores y las valoraciones excesivas, cometiéndolos, en gran parte, debido a su desmesurado respeto ante el «misterioso inconsciente».

Se olvida con demasiada facilidad que un sueño no es por lo general sino un pensamiento, igual que cualquier otro, posibilitado por la disminución de la censura y por el reforzamiento inconsciente, y deformado por la influencia de la censura y de la elaboración inconsciente.

Recurramos, como ejemplo, a los sueños denominados «de curación». Cuando un paciente ha tenido semejante sueño, en el cual parece evadir las restricciones de la neurosis, superando, por ejemplo, una fobia o abandonando un vínculo afectivo, nos inclinamos a aceptar que ha realizado un considerable progreso, que está dispuesto a adaptarse a una nueva situación vital, que comienza a contar con su salud, y así sucesivamente. Tal cosa muchas veces puede ser cierta, pero con no menor frecuencia estos sueños de curación sólo tienen el valor de sueños de comodidad, correspondiendo al deseo de sanar, por fin, para evitar un nuevo período de la labor analítica cuya inminencia ya se hace sentir. En tal sentido, los sueños de curación acaecen, por ejemplo, muy frecuentemente cuando el paciente está por pasar a una nueva fase de la transferencia que le es desagradable. Se comporta entonces muy análogamente a muchos neuróticos que se declaran curados a las pocas horas de tratamiento, intentando así evadirse de todos los elementos desagradables que están a punto de expresar en el análisis. También los neuróticos de guerra, que renuncian a sus síntomas cuando la terapia de los médicos militares logra convertir la enfermedad en algo aún más desagradable que el servicio en el frente, se adaptan a las mismas condiciones económicas, y tanto en este caso como en el anterior la curación revela al poco tiempo su carácter transitorio.

6

En principio, no es nada fácil llegar a conclusiones generales sobre el valor de los sueños correctamente traducidos. Si el paciente se encuentra en un conflicto de ambivalencia, un pensamiento hostil surgido en él no significa por cierto una superación definitiva de las tendencias amorosas, es decir, una solución del conflicto; evidentemente, tampoco un sueño del mismo contenido hostil puede tener tal significación. En presencia de semejante conflicto de ambivalencia suele ocurrir que en cada noche aparezcan dos sueños, cada uno de los cuales muestra una actitud distinta. En tales casos el progreso consiste en lograr el aislamiento completo de ambos impulsos antagónicos, persiguiendo y comprendiendo a ambos hasta sus extremos últimos, con ayuda de sus reforzamientos inconscientes. En ocasiones, uno de ambos sueños ambivalentes ha sido olvidado, pero entonces será preciso no dejarse engañar, creyendo que la ambivalencia se ha decidido a favor de una de sus tendencias. Con todo, el olvido de uno de los sueños muestra que, por un momento, alguna de ambas tendencias ha alcanzado la supremacía, pero esto sólo tiene vigencia durante un día y puede modificarse. Quizá la noche siguiente ya presente en primer plano la manifestación contraria. El verdadero estado del conflicto sólo puede ser deducido teniendo en cuenta todas las manifestaciones restantes, incluso las de la vida diurna.

7

El problema de la valoración de los sueños está vinculado con el de su susceptibilidad al influjo de la «sugestión» médica. El analista quizá comience por vacilar, asustado, al señalársele este posible efecto de su actuación, pero reflexionando con mayor detenimiento, su primer impulso negativo seguramente acabará por ceder la plaza a la comprensión de que el influjo ejercido sobre los sueños del paciente no es para el analista más infortunado o condenable que la conducción de sus pensamientos conscientes.

No es necesario demostrar que el contenido manifiesto de los sueños es influido por el defecto terapéutico del análisis, pues está implícito en el hecho de que el sueño se vincula con la vida diurna y elabora estímulos procedentes de la misma. Desde luego, cuanto sucede en el tratamiento analítico también pertenece a las impresiones de la vida diurna y rápidamente se convierte en las más fuertes entre éstas. No es, pues, ningún milagro si el paciente sueña con cosas que el médico ha discutido con él y cuya expectativa le ha despertado. En todo caso, no es un milagro mayor que el conocido fenómeno de los sueños «experimentales».

Como próxima cuestión, nos interesa saber si también las ideas oníricas latentes –que han de ser elucidadas por la interpretación– pueden ser influidas, o sugeridas por el analista. Una vez más, debemos responder con la afirmativa, pues una parte de estas ideas latentes corresponde a pensamientos preconscientes, es decir, perfectamente capaces de consciencia, que el paciente también podría haber utilizado en la vida diurna al reaccionar frente a las estimulaciones del médico, siendo indiferente si estas reacciones afirman los estímulos que las provocaron o los contradicen. Si se sustituye el sueño por las ideas que contiene, la cuestión de la medida en que es posible sugerir los sueños coincide con la otra, más general, de la medida en que el paciente es accesible a la sugestión en el curso del análisis.

Jamás se puede influir sobre el propio mecanismo de la formación onírica, es decir, sobre la elaboración de los sueños propiamente dicha; debe aceptarse esto como algo seguro.

Además de la mencionada participación de las ideas oníricas preconscientes, todo sueño verdadero contiene indicios de los deseos reprimidos, a los cuales debe la posibilidad de su aparición. Un escéptico podría decirnos que éstos aparecen en el sueño porque el sujeto sabe que los ha de presentar, pues el analista espera hallarlos; el analista, por su parte, tendrá todo derecho a pensar de otro modo.

Ya que el sueño contiene situaciones que pueden ser interpretadas reduciéndolas a escenas correspondientes al pasado del soñante, cabría preguntar –cuestión ésta de importancia particular– si la influencia médica no podría intervenir también en esos contenidos oníricos. Esta pregunta es perentoria en grado sumo frente a los denominados *sueños confirmadores,* sueños que siguen, rezagados, la marcha del análisis. En muchos pacientes son los únicos sueños con que podemos contar. Tales casos sólo reproducen las vivencias olvidadas de la infancia, una vez que han sido reconstruidas a partir de los síntomas, las asociaciones y otros indicios, habiéndoseles comunicado esta reconstrucción. Así se originan los sueños confirmadores, vulnerables a la crítica que les niega todo valor demostrativo, dado que bien podrían haber sido imaginados por influencia del médico, en lugar de surgir del inconsciente del propio paciente. En el análisis no es posible escapar a esta situación equívoca, pues si en estos pacientes no se interpreta, se construye y se comunica, jamás se logra acceso a sus contenidos reprimidos.

La situación es más favorable cuando el análisis de tal sueño confirmador o «rezagado» da lugar inmediatamente a una sensación de recuerdo para lo que hasta el momento había estado olvidado.

El escéptico aún tendrá la posibilidad de afirmar que se trataría de falsos recuerdos. Además, por lo general, faltan estas sensaciones de recuerdo. Lo reprimido surge sólo por trozos, y todo lo fragmentario impide o retarda el establecimiento de una convicción. También puede no tratarse de la reproducción de una vivencia real olvidada, sino de la facilitación de una fantasía inconsciente, en la que jamás se ha de esperar una sensación de recuerdo, pero sí, posiblemente, un sentimiento de convicción subjetiva.

Los sueños confirmadores ¿realmente pueden ser, pues, consecuencias de la sugestión, es decir, sueños de complacencia? Los pacientes que sólo traen al análisis sueños confirmadores son precisamente aquéllos en quienes la duda desempeña el papel de resistencia principal. No se debe intentar la superación de esta duda recurriendo a la autoridad o tratando de aniquilarla con argumentos, sino que se la dejará subsistir hasta que se resuelva en el curso ulterior del análisis. También el analista puede mantener semejante duda frente a casos aislados; lo que termina por darle certeza es, justamente, la complicación del problema que ha de resolver, problema comparable al de los rompecabezas infantiles, formados por una imagen en colores, pegada sobre una tablilla dividida en muchas piezas por cortes curvos y quebrados, cabiendo ajustadamente el conjunto en un marco de madera. El confuso montón de piezas, cada una de las cuales lleva una parte incomprensible de la imagen, debe ordenarse de manera tal que la figura resultante dé sentido, que en ninguna parte quede un hueco y que el conjunto llene completamente el marco; cumplidas estas condiciones, se sabrá que el rompecabezas está resuelto y que no existe otra solución.

Desde luego, nada puede significarle este símil al paciente que se halle en el curso de una labor analítica aún incompleta. Viene al caso una discusión que hube de sostener con un paciente cuya actitud extraordinariamente ambivalente se manifestaba en la más poderosa duda obsesiva. No refutaba la interpretación de sus sueños y quedaba profundamente impresionado por su coincidencia con las presunciones que yo había anticipado, pero preguntaba si esos sueños confirmadores no podrían ser expresiones de su docilidad frente a mí. Al objetarle que también habrían traído un cúmulo de detalles que yo no podía presumir y que, por otra parte, su restante conducta en el tratamiento no testimoniaba precisamente tal docilidad, recurrió a otra teoría, preguntándome si su deseo narcisista de curar no podría haberlo llevado a producir tales sueños, dado que yo le había abierto la perspectiva de la curación, siempre que él lograse aceptar mis construcciones. Le respondí que nada sabía de semejante mecanismo de formación onírica, pero la duda se resolvió por otro camino. Recordó sueños que había tenido antes de comenzar el análisis, aun antes de oír hablar del mismo, y el análisis de estos sueños, libres de toda sospecha de sugestión, llevó a las mismas interpretaciones que el de los más recientes. Sin embargo, su obsesión contradictoria aún halló el recurso de decir que los sueños pasados habían sido menos claros que los surgidos durante el tratamiento; pero, por mi parte, me di por satisfecho con la confirmación hallada. En general, me parece conveniente recordar de tanto en tanto que los seres humanos ya tenían la costumbre de soñar antes de que existiera el psicoanálisis.

8

Bien podría ser que los sueños aparecidos en el curso de un psicoanálisis tuviesen la facultad de manifestar lo reprimido con mayor riqueza que los sueños presentados fuera de esta situación. Pero no se puede demostrar, pues ambas situaciones son incomparables entre sí; la utilización del sueño en el análisis es una finalidad completamente ajena a los propósitos originales de la formación onírica. En cambio, no puede caber la menor duda de que en un análisis los sueños traen a luz porciones mucho mayores de lo reprimido que cualquiera de los otros métodos; debe existir, por consiguiente, un motor que explique esta extraordinaria producción; una potencia inconsciente cuya capacidad de ayudar a los propósitos del análisis sea mayor durante el estado del reposo que en cualquier otro. Pues bien, sería difícil invocar con tal fin un factor que no era la docilidad del paciente frente al analista, derivada del complejo parental, es decir, la parte positiva de lo que denominamos «transferencia». Efectivamente, en muchos sueños que reproducen lo olvidado y lo reprimido no se logra descubrir otro deseo inconsciente al que se pudiera atribuir la energía instintual necesaria para la formación onírica. Por consiguiente, si alguien pretendiese afirmar que la mayoría de los sueños utilizables en el análisis son sueños de complacencia y que deben su origen a la sugestión, nada podría refutársele desde el punto de vista de la teoría analítica. Al respecto, me conformo con remitir a mis consideraciones en la *Introducción al psicoanálisis*[2], sobre la relación entre transferencia y sugestión; señalé allí cuán escaso menoscabo sufre la certeza de nuestros resultados si aceptamos el efecto de la sugestión en el sentido que le hemos adjudicado.

En *Más allá del principio del placer*[3] me ocupé de cómo las vivencias correspondientes al primer período de la sexualidad infantil, de todo punto desagradables, logran labrarse acceso a una forma cualquiera de reproducción, hecho que constituye todo un problema económico. Hube de conceder a esas vivencias, en el «impulso de repetición», una extraordinaria pujanza de afloramiento, merced a la cual logran vencer la represión que pesa sobre ellas, sirviendo al principio del placer; sin embargo, no pueden aflorar «hasta que la labor terapéutica haya debilitado la represión». Cabe agregar aquí que es la transferencia positiva la que presta semejante ayuda al impulso de repetición. En tal trance, se ha llegado a una alianza del esfuerzo terapéutico con este impulso; alianza que se dirige ante todo contra el principio del placer, pero que en última instancia persigue la entronización del principio de la realidad. Como señalé en esa oportunidad, ocurre con harta frecuencia que el impulso de repetición se libera de los compromisos implícitos en esta alianza, conformándose con el retorno de lo reprimido en la forma de imágenes oníricas.

9

En la medida de mis conocimientos actuales, los sueños de las neurosis traumáticas son las únicas excepciones genuinas de la tendencia a la realización del deseo implícito en el sueño, mientras que los sueños de castigo son sus únicas excepciones aparentes. En estos últimos se da el hecho curioso de que en puridad ningún elemento de las ideas oníricas latentes es incorporado al contenido manifiesto, apareciendo en su lugar algo muy distinto, que debe ser concebido como formación reactiva contra los deseos oníricos, como rechazo y contradicción completa de los mismos. Semejante intervención en el sueño sólo podemos atribuirla a la instancia crítica del *yo*, cabiendo aceptar, pues, que ésta, irritada por la satisfacción inconsciente del deseo, vuelve a erigirse transitoriamente aun durante el estado del reposo. Bien podría haber reaccionado frente a estos contenidos oníricos desagradables haciendo despertar al sujeto, pero halló en la formación del sueño de castigo un recurso que le permitió evitar la perturbación del reposo.

Así, por ejemplo, en los conocidos sueños del poeta Rosegger que mencioné en *La interpretación de los sueños* es preciso aceptar un contenido reprimido de tema vanidoso y jactancioso, mientras que el sueño manifiesto advertía: «Eres un inepto aprendiz de sastre». Naturalmente, sería absurdo buscar un deseo reprimido como motor de este sueño manifiesto; debemos conformarnos con ver la realización del deseo en la autocrítica.

Nuestra extrañeza ante semejante estructuración del sueño se atenuará si tenemos en cuenta la frecuencia con que la deformación onírica, puesta al servicio de la censura, coloca en lugar de determinado elemento algo que en uno u otro sentido es su antítesis o su contraria. De aquí sólo hay un corto trecho hasta la sustitución de una parte característica de contenido onírico por una contradicción que la rechaza; un solo paso más nos lleva a la sustitución de todo el contenido onírico ofensivo por un sueño de castigo. Quisiera comunicar uno o dos ejemplos característicos de aquella fase intermedia de la falsificación que puede sufrir el contenido manifiesto.

Del sueño de una muchacha con intensa fijación paterna que halla dificultad en expresarse durante el análisis: está sentada en la habitación con una amiga, vestida únicamente con un quimono. Entra un señor ante el cual siente vergüenza, mas éste le dice: «¡Pero si ésta es la jovencita que ya vimos una vez tan hermosamente vestida!». El señor soy yo, y en reducción más profunda, el padre. Pero nada podremos hacer con el sueño mientras no nos resolvamos a sustituir por su antítesis el elemento más importante del discurso: «Ésta es la joven que ya vi una vez *desnuda*, y que entonces me pareció tan hermosa». A la edad de tres o cuatro años la paciente durmió durante un tiempo con el padre en la misma pieza, y todos los datos nos indican que solía descubrirse al dormir para agradarle. La ulterior represión de su placer exhibicionista motiva actualmente su hermetismo en el tratamiento, su desagrado de mostrarse al descubierto.

De otra escena del mismo sueño: está leyendo su propia historia clínica impresa; dice allí que un joven ha matado a su amante..., cacao..., eso pertenece al erotismo anal. Esta última es una idea que se le presenta en el sueño al mencionar el cacao. La interpretación de este fragmento de sueño es aún más difícil que la del anterior. Averiguamos, por fin, que antes de dormirse estuvo leyendo la *Historia de una neurosis infantil*[4], cuyo núcleo está constituido por una observación real o fantaseada del coito paterno. En una ocasión anterior ya había vinculado esta historia clínica a su propia persona, referencia que no es el único indicio de que también en ella debemos sospechar semejante observación. El joven que ha asesinado a su amante viene a ser ahora una clara alusión al concepto sádico de la escena del coito, pero el elemento siguiente, el cacao, lleva a vinculaciones muy lejanas. Al cacao sólo asocia lo que su madre solía decirle: «Que por tomarlo se sufre dolor de cabeza», cosa que también pretende haber oído decir a otras mujeres. Por otra parte, durante un tiempo se identificó con la madre a través del dolor de cabeza. El único vínculo que pude hallar entre ambos elementos oníricos es el de que la paciente quiere rechazar las deducciones que impone la observación del coito. «¡No! Eso no tiene nada que ver con el origen de los niños. Los niños vienen de algo que se come» (como en el cuento infantil). La mención del erotismo anal, que en el sueño parece ser una tentativa de interpretación, completa la teoría infantil invocada como recurso útil, agregándole el parto anal.

10

Se suelen escuchar expresiones de asombro por el hecho de que el *yo* del soñante aparezca representado dos o más veces en el sueño manifiesto; una vez en propia persona, y las otras, escondido tras distintos personajes. La elaboración secundaria seguramente tuvo en el curso de la formación onírica la tendencia a eliminar esta multiplicidad del *yo*, que no adapta a ninguna situación escénica, pero la labor interpretativa ha vuelto a restablecerla. En sí misma, no es más extraña que la aparición múltiple del *yo* en un pensamiento diurno, especialmente si al suceder esto el *yo* se divide en sujeto y objeto, se enfrenta con la otra porción en calidad de instancia observadora crítica, o si compara su índole actual con una recordada, pretérita, que también fue otrora el *yo*. Así, por ejemplo, en las siguientes expresiones: «Si *yo* pienso en lo que *yo* le hice a este hombre»; «Si *yo* pienso que *yo* también fui una vez un niño». Pero quisiera rechazar como especulación vana e injustificada la deducción de que todas las personas que aparecen en el sueño deben ser consideradas como derivados y representantes del propio *yo.* Baste dejar establecido que también debe tenerse en cuenta en la interpretación onírica la posibilidad de que el *yo* se presente separado de una instancia observadora, crítica y punitiva (ideal del *yo).*

J. Popper-Lynkeus y la teoría onírica*

Se podrían decir muchas cosas interesantes sobre la apariencia de originalidad científica que presentan las ideas nuevas, pues aunque al principio se las considere como descubrimientos, y por lo común también se las combata como tales, la investigación objetiva no tarda en demostrar que en realidad no son novedades. Por lo general ya han sido repetidamente descubiertas y olvidadas luego, muchas veces en épocas alejadas entre sí, o por lo menos han tenido precursoras, fueron presumidas vagamente y formuladas sin perfección. Todo esto es harto conocido y no hay motivo para explicarlo.

Pero también merece ser considerado el cariz subjetivo de la originalidad. Un hombre de ciencia puede preguntarse, en cierto momento, sobre la procedencia de las ideas que le parecen singulares y que aplica a su material de trabajo. Sin reflexionar mucho, advertirá entonces qué ha incitado parte de este material, qué informaciones ajenas ha recogido, modificado y desarrollado hasta

* 1923.

sus consecuencias últimas. Con respecto a otra parte de sus ideas no puede confesar nada semejante; debiendo aceptar que estos pensamientos y puntos de vista han surgido –sin que sepa cómo– en su propia actividad intelectiva; en estas ideas fundamenta su pretensión de originalidad.

La investigación psicológica minuciosa constriñe aún más esta pretensión, revelando fuentes ocultas, hace mucho olvidadas, de las que partió la incitación de la idea aparentemente original, sustituyendo así la creación que se creía nueva por una renovación de lo olvidado en su aplicación a un nuevo asunto. Nada de todo esto merece ser lamentado, pues no teníamos derecho de esperar que lo «original» fuese algo irreductible, indeterminado. También para mí se ha disipado así la originalidad de muchas ideas nuevas que apliqué en la interpretación de los sueños y en el psicoanálisis. Sólo de una de estas ideas no conozco la procedencia; es, precisamente, la clave de mi concepción sobre los sueños, que me ha permitido solucionar sus enigmas en la medida en que hasta ahora han sido resueltos. Partí del carácter enigmático, confuso e insensato que presentan tantos sueños, y llegué a la noción de que éstos deben ser así porque en ellos trata de expresarse algo que se enfrenta con la resistencia opuesta por otras instancias psíquicas. En el sueño se agitan tendencias secretas que están en contradicción con los principios éticos y estéticos, por así decirlo, «oficiales», del soñante; por eso éste se avergüenza de tales tendencias, las rechaza durante el día, nada quiere saber de ellas, y si de noche no puede impedirles toda forma de expresión, les impone por lo menos la *deformación onírica,* que torna confuso e insensato el contenido del sueño. Llamamos *censura onírica* a la instancia psíquica del hombre que lleva cuenta de esta resistencia interior y que deforma las tendencias instintuales primarias del sueño a favor de los cánones convencionales o éticamente superiores.

Mas es justamente este elemento esencial de mi teoría onírica el que Popper-Lynkeus descubrió por caminos propios. Prueba suficiente de ello es la siguiente cita de la narración «Träumen wie wachen» («Soñar como estando despierto»), que forma parte de sus *Phantasien eines Realisten* («Fantasías de un realista»), seguramente escritas sin conocer mi «teoría onírica», formulada en 1900, como tampoco yo conocía entonces las «fantasías» de Lynkeus:

De un hombre que poseía la singular cualidad de no soñar nunca desatinos...

–Tu magnífica cualidad de comportarte en sueños como lo harías despierto reposa en tus virtudes, en tu bondad, en tu equidad y en tu amor a la verdad. La claridad moral de tu naturaleza me permite comprender tu peculiar privilegio.

–Bien mirado –replicó el otro–, me inclino a creer que a todos los hombres tiene que sucederles lo mismo que a mí, y que nadie sueña nunca desatinos. Un sueño que recordamos tan claramente como para poder relatarlo después, y que, por tanto, no es ningún delirio febril, no puede menos de tener siempre un sentido, pues aquello que se contradice no podría agruparse para formar una totalidad. El que tiempo y lugar aparezcan con frecuencia confundidos no se relaciona para nada con el verdadero contenido del sueño, pues ambos factores han carecido seguramente de toda importancia para su contenido esencial. También despiertos obramos así con gran frecuencia. Piensa en la fábula y en tantas otras creaciones de la fantasía, tan atrevidas como plenas de sentido, y de las cuales sólo el hombre incomprensivo puede decir que son imposibles y disparatadas.

–¡Si se supiera interpretar siempre los sueños acertadamente, como tú lo has hecho con el mío! –dijo el amigo.

–No es, desde luego, fácil empresa, pero creo que el soñador mismo podría llevarla siempre, con un poco de atención, a buen puerto. ¿Por qué no suele alcanzarse casi nunca? Quizá porque en vuestros sueños hay algo oculto, algo inconfesable de una peculiar y elevada naturaleza, un cierto secreto de vuestro ser, muy difícil de adivinar. Por esta razón parecen no poseer vuestros sueños sentido alguno o ser francamente insensatos. Pero en el fondo no es ni puede en modo alguno ser así, pues el soñador es siempre el mismo hombre, tanto en sueños como despierto.

Lo que me permitió descubrir la causa de la deformación onírica fue, según creo, mi coraje moral; en Popper, en cambio, fueron la pureza, el amor a la verdad y la limpidez ética que lo animaban.

Carta a Maxim Leroy sobre un sueño de Descartes*

Al leer su carta, en la cual me pide usted que examine algunos sueños de Descartes[1], mi primer sentimiento fue una impresión de ansiedad, pues por regla general sólo se logra un pobre resultado trabajando con sueños sin la posibilidad de obtener del propio soñante ciertas orientaciones que faciliten la vinculación mutua entre sus elementos o que los relacionan con el mundo exterior, y tal es, por cierto, el caso, tratándose de los sueños de un personaje histórico. No obstante, mi tarea demostró ser más fácil de lo que había esperado, aunque no me cabe duda de que el fruto de mi estudio ha de parecerle mucho menos importante de lo que usted tenía derecho a esperar.

Los sueños de nuestro filósofo pertenecen a los que solemos denominar «sueños de arriba» *(Träume von oben)*[2], es decir, son formaciones ideativas que habrían podido ser creadas con la misma facilidad durante la vigilia que en el estado del sueño, y que sólo en ciertas y de-

* Publicada en francés el año 1929 por su destinatario en su libro *Descartes, le Philosophe au Masque.*

terminadas partes derivan su material de estados anímicos más o menos profundos. Además, estos sueños presentan generalmente un contenido de forma abstracta, poética o simbólica.

Los análisis de esta clase de sueños nos conducen de ordinario a lo siguiente: no atinamos a comprender el sueño; pero el soñante –o el paciente– sabe traducirlo inmediatamente y sin dificultades, por la simple razón de que el contenido del sueño está muy próximo a su pensamiento consciente. Sin embargo, restan aún ciertas partes del sueño sobre las cuales el soñante nada puede decir: he aquí, precisamente, las partes que pertenecen al inconsciente, y que en muchos aspectos son las más interesantes.

En el caso más favorable es posible explicar este contenido inconsciente basándose en las ideas que el soñante ha producido.

Esta manera de examinar los «sueños de arriba» (es preciso entender este término en el sentido psicológico y no en el místico) es la que corresponde aplicar también en el caso de los sueños de Descartes.

Nuestro filósofo los interpreta por sí mismo[3], y si nos ajustamos a todas las reglas de la interpretación de los sueños, no podemos menos que aceptar su explicación, aunque agregando también que no disponemos de ninguna vía que nos permita avanzar más allá.

Confirmando su explicación, diremos que los obstáculos que impiden a Descartes moverse con libertad nos son exactamente conocidos: trátase de la representación onírica de un conflicto interior. El costado izquierdo es la representación del mal y del pecado, y el viento, la del «genio malévolo» *(animus)*.

Naturalmente, no nos es posible identificar a las distintas personas que se presentan en el sueño, aunque

Descartes, interrogándolo, no hubiese dejado de reconocerlas. En cuanto a los elementos extraños, poco numerosos por lo demás y casi absurdos, como, por ejemplo, «el melón de un país extranjero», y los pequeños retratos, Descartes los deja sin explicación.

En lo que se refiere al melón, el soñante ha tenido la idea (original) de figurar así «los encantos de la soledad, pero representados por solicitaciones puramente humanas». Esto no es, por supuesto exacto; pero podría ser una asociación de ideas que nos condujera hacia una explicación exacta. En correlación con su estado de pecado, esta asociación bien podría figurar una representación sexual que ha ocupado la imaginación del joven solitario enclaustrado.

Sobre los retratos, Descartes no da ninguna aclaración.

Mi relación con Josef Popper-Lynkeus*

Fue en el invierno del año 1899 cuando vi por fin concluido mi libro sobre *La interpretación de los sueños*[1], aunque su portada estaba fechada anticipadamente con el primer año del nuevo siglo. Esa obra representaba el fruto de cuatro o cinco años de labor, y su origen fue ciertamente poco común. Mientras desempeñaba una docencia universitaria en enfermedades nerviosas, había procurado mantenerme a mí mismo y a mi familia, en rápido crecimiento, por medio de una práctica médica dedicada a los enfermos llamados «nerviosos», cuyo número no era, por cierto, escaso en nuestra sociedad. Pero la empresa demostró ser más difícil de lo que había creído. Los métodos habituales de tratamiento no poseían, evidentemente, ninguna o sólo escasa eficacia, de modo que era preciso explorar nuevos caminos. ¿Cómo se podía pretender, ni remotamente, que el paciente mejorara, si nada se comprendía de su enfermedad, nada sobre las causas de sus trastornos ni sobre la significación de sus manifes-

* 1932.

taciones subjetivas? Así, me dediqué afanosamente a buscar una nueva orientación y más amplia instrucción con el maestro Charcot, en París, y con Bernheim, en Nancy, hasta que finalmente cierta observación efectuada por mi mentor y amigo José Breuer, de Viena, me pareció abrir nuevas perspectivas para la comprensión y la eficacia terapéutica.

En efecto, estas nuevas experiencias demostraron con certeza que los enfermos que siempre habíamos calificado de «nerviosos» sufrían en cierto sentido de trastornos psíquicos, y debían ser tratados, por tanto, con recursos psíquicos. Nuestro interés debía orientarse, pues, hacia la psicología. Pero la psicología que predominaba a la sazón en las escuelas académicas de filosofía tenía muy poco que ofrecer, y nada de ello servía a nuestros fines: debíamos descubrir desde el principio nuestros métodos, tanto como sus fundamentos teóricos. Mis esfuerzos se dirigieron, pues, en esta dirección, primero en colaboración con Breuer y luego independientemente de él. Por fin, entre otros elementos de mi técnica, adopté la norma de requerir a mis pacientes que me comunicaran sin la menor crítica cuanto les pasara por la mente, aun cuando se tratase de ocurrencias que les parecieran insensatas o cuya comunicación les resultase molesta.

Cuando seguían mis instrucciones me contaban, entre otras cosas, sus sueños, como si éstos fuesen de la misma especie que sus restantes pensamientos. Vi en ello una clara indicación de que debía asignar a esos sueños la misma importancia que a los otros fenómenos, más inteligibles. Pero *no* eran inteligibles, sino extraños, confusos, absurdos; en suma: como son los sueños, que precisamente por esa razón habían sido descartados por la ciencia como meros espasmos del aparato mental, carentes de finalidad y de sentido. Si mis pacientes estaban en lo cierto –y con su actitud sólo parecían repetir la multimilenaria creencia de la humanidad no científica–, yo me encontraba enfrentado a la necesidad de hallar una «interpretación de los sueños» capaz de resistir a la crítica científica.

Al principio, naturalmente, no comprendía de los sueños de mis pacientes más que los propios soñantes. Pero aplicando a esos sueños, y en particular a los míos propios, un procedimiento que ya me había servido para el estudio de otras formaciones psíquicas anormales, logré responder a la mayor parte de los interrogantes que puede plantear una interpretación onírica. Aquéllos no eran, ciertamente, pocos: ¿En qué se sueña? ¿Por qué en principio es necesario soñar? ¿De dónde proceden todas las extrañas características que distinguen los sueños del pensamiento vigil? Y muchas otras semejantes. Algunas de las respuestas pudieron ser obtenidas fácilmente y demostraron confirmar opiniones ya expresadas; otras implicaban hipótesis totalmente nuevas con respecto a la estructura y el funcionamiento de nuestro aparato psíquico. La gente sueña con las cosas que han ocupado su mente durante el día; la gente sueña para aplacar los impulsos que amenazan perturbar el reposo y con el objeto de poder seguir durmiendo. ¿Por qué entonces podía el sueño parecer tan extraño, tan confusamente insensato, tan manifiestamente opuesto al contenido del pensamiento vigil, si en última instancia demostraba referirse al mismo material? Evidentemente, el sueño era sólo el sucedáneo de una actividad cogitativa racional y era susceptible de interpretación, es decir, de ser traducido a tal proceso racional; pero lo que necesitaba ser explicado era el fenómeno de la *deformación* que la elaboración onírica impone al material racional e inteligible.

La deformación onírica representaba el problema más profundo y dificultoso del mundo de los sueños. A fin de resolverlo, arribé a las siguientes conclusiones que sitúan el sueño en una misma categoría con otras formaciones psicopatológicas y lo revelan, en cierto modo, como la psicosis normal del ser humano. Nuestra mente, ese precioso instrumento que nos permite imponernos en la existencia, no es, en efecto, una unidad pacíficamente cerrada en sí misma, sino que puede compararse más bien a un Estado moderno, en el cual una masa ávida de goce y de destrucción debe ser sofrenada por la fuerza de una sabia y prudente clase superior. Cuanto ocurre en nuestra vida mental y cuanto halla expresión en nuestros pensamientos son derivados y representantes de los multiformes instintos dados en nuestra constitución somática; pero no todos esos instintos son igualmente gobernables y educables para adaptarlos a las demandas del mundo exterior y de la sociedad humana. Algunos han retenido su primitivo carácter indómito; si los dejáramos seguir su propio curso, nos perderían inevitablemente. Por consiguiente, la experiencia de nuestros sufrimientos nos ha llevado a desarrollar en nuestra mente una serie de organizaciones que, en la forma de inhibiciones, se opone a las manifestaciones directas de los instintos. Todo impulso desiderativo que surge de la fuente de las energías instintuales debe someterse al examen de nuestras instancias psíquicas superiores, y si éstas no lo aprueban, es rechazado o impedido de influir sobre nuestra motilidad, es decir, de alcanzar su realización. Más aún: a menudo estos deseos hasta son impedidos de ingresar a la consciencia, que por lo general ni siquiera conoce la existencia de esas fuentes instintuales peligrosas. Decimos entonces que dichos impulsos se hallan *reprimidos* para la conciencia y que subsisten sólo en el inconsciente. Si lo reprimido logra irrumpir alguna parte, sea a la consciencia, a la motilidad o a ambas, entonces habremos dejado de ser normales: en ese momento desarrollamos toda la gama de síntomas neuróticos y psicóticos. El mantenimiento de las inhibiciones y represiones que se han tornado necesarias impone a nuestra vida mental un considerable desgaste de energía, del que aquélla está siempre muy dispuesta a reposar. El estado nocturno del sueño parece ofrecerle una excelente ocasión para ello, ya que el dormir implica la cesación de nuestras funciones motrices. La situación parece segura, de modo que atenuamos la severidad de nuestra policía interna. No la abolimos por completo, pues no se puede confiar del todo: quizá el inconsciente no duerma nunca. Pero entonces ejerce su efecto el atenuamiento de la presión sobre el inconsciente reprimido: surgen de él deseos que durante el reposo hallan abierto por lo menos el acceso a la consciencia. Si pudiésemos conocerlos, quedaríamos horrorizados ante su contenido, su carácter desmesurado, aun ante la mera posibilidad de su existencia. Esto, empero, sólo ocurre raramente, y cuando ocurre nos apresuramos a despertar, dominados por el miedo. Por regla general, la consciencia no llega a enterarse del sueño tal como realmente era. Es cierto que las fuerzas inhibidoras –la *censura onírica,* como hemos dado en llamarlas– nunca se despiertan del todo; pero tampoco se hallan jamás completamente dormidas. Han tenido la oportunidad de influir sobre el sueño mientras éste pugnaba por expresarse en palabras y en imágenes; han eliminado así lo más ofensivo, han modificado otras partes hasta tornarlas irreconocibles; han roto las conexiones legítimas, introduciendo otras falsas, hasta que la sincera pero brutal fantasía desiderativa del sueño se convierte en el sueño manifiesto, tal como nosotros los recordamos: más o menos confuso, casi siempre extraño e incomprensible. El sueño, pues –o la deformación onírica que lo caracteriza–, es el producto de una transacción, testimonio de un conflicto entre los impulsos y los anhelos mutuamente incompatibles de nuestra vida mental. No olvidemos, empero, que el mismo proceso, el mismo interjuego de fuerza que explica el sueño del soñante normal, nos da también la clave para comprender todos los fenómenos neuróticos y psicóticos.

Debo disculparme por haber hablado tanto hasta aquí de mí mismo y de mi labor con los problemas del sueño; mas todo esto es una imprescindible introducción a lo que sigue. Mi explicación de la deformación onírica me parecía entonces algo nuevo, pues en parte alguna había encontrado nada parecido. Años más tarde (ya no atinaría a decir exactamente cuándo) cayó en mis manos el libro de Josef Popper-Lynkeus *Phantasien eines Realisten* («Fantasías de un realista»). Una de las narraciones que contenía se llamaba «Soñar como estando despierto», y no pudo dejar de despertar mi más viva atención. En efecto, describíase allí a un hombre que podía alabarse de no haber soñado nunca nada insensato. Sus sueños podían ser fantásticos, como los cuentos de hadas; pero no se hallaban en contradicción tal con el mundo de la vigilia que se pudiera decir categóricamente que «fuesen imposibles o absurdos en sí mismos». Trasladándolo a mi terminología, eso significaba que en este hombre no tenía lugar ninguna deformación onírica, y la razón aducida para explicar tal ausencia revelaba al mismo tiempo los motivos de su aparición. Popper confiere a su personaje una comprensión total de las razones de su peculiaridad, haciéndole decir:

> En mis pensamientos, como en mis sentimientos, reinan el orden y la armonía; además, aquéllos nunca luchan entre sí... Yo soy uno, indiviso; los otros están divididos, y sus dos partes –soñar y estar despierto– se hallan en guerra casi permanente.

Y luego, con respecto a la interpretación de los sueños:

> No es, por cierto, cosa fácil; pero el propio soñante, con un poco de atención, casi siempre debería poder hacerlo. ¿Por qué, en general, no se tiene éxito en la interpretación? Pues porque en vosotros los sueños parecen contener siempre algo escondido, algo pecaminoso en una forma muy peculiar, cierta cualidad secreta de vuestra naturaleza que sería difícil expresar. He aquí por qué vuestros sueños parecen tan a menudo carentes de significado o aun absurdos. Pero, en el más profundo sentido, no es en modo alguno así; más aún: no es posible que sea así, pues el hombre es siempre el mismo, ya esté despierto o soñando.

Si dejamos la terminología psicológica fuera de consideración, todo esto no era sino la misma explicación de la deformación onírica que yo había alcanzado a través de mis estudios sobre los sueños. La deformación resultaba ser una transacción, algo insincero por su naturaleza misma, el resultado de un conflicto entre el pensar y el sentir o, como yo lo había expresado, entre lo consciente y lo reprimido. Donde no existía tal conflicto y la represión era innecesaria, los sueños no podían llegar a ser extraños o carentes de sentido. Ese hombre que soñaba dormido de la misma manera en que pensaba despierto encarnaba para Popper aquella condición de armonía interna que, en su calidad de reformador social, anhelaba establecer en el seno de la sociedad humana. Mas si la ciencia nos declara que semejante hombre, totalmente libre del mal y de la falsedad, desprovisto de toda represión, no existe o no podría sobrevivir, cabría replicarle que, en la medida en que es posible una aproximación a ese ideal, ella se vio realizada en la propia persona de Popper.

Abrumado por el encuentro con tal sabiduría, comencé a leer todas sus obras: sus libros sobre Voltaire, sobre la religión, la guerra, la previsión estatal de la subsistencia, etcétera, hasta que paulatinamente se integró ante mis ojos la imagen del sencillo gran hombre, que era un pensador y un crítico, al mismo tiempo que un bondadoso humanitario y un reformador. Reflexioné mucho sobre los derechos del individuo, que él preconizaba y a los cuales gustosamente yo me habría adherido si no me hubiese detenido la consideración de que ni los procesos de la naturaleza ni los objetivos de la sociedad humana justifican totalmente sus pretensiones. Una especial simpatía me atraía a él, dado que, evidentemente, también él había sufrido dolorosamente la amargura de la existencia judía y la oquedad de los ideales de la cultura actual. Sin embargo, nunca llegué a conocerlo personalmente. Él sabía de mí a través de relaciones comunes, y en una ocasión tuve que responder a una carta suya en la cual me demandaba cierta información. Pero nunca lo visité. Mis innovaciones en la psicología me habían alejado de mis contemporáneos, particularmente de los más viejos; demasiado a menudo, cuando me aproximaba a un hombre que había admirado desde lejos, me sentía como repelido por su incomprensión de todo aquello que se había convertido en el contenido mismo de mi existencia. Después de todo, Josef Popper procedía de la física y había sido amigo de

Ernst Mach; yo no quise que se malograra la feliz impresión de nuestra concordancia con respecto al problema de la deformación onírica. Así sucedió que fui aplazando la ocasión de visitarlo, hasta que ya fue demasiado tarde, y sólo me restó descubrirme ante su busto en nuestro Parque del Ayuntamiento.

Revisión de la teoría de los sueños*

Si después de una pausa de más de quince años os he convocado de nuevo para tratar con vosotros de las novedades y acaso también de los adelantos que el intervalo ha aportado al psicoanálisis, es justo y natural, desde más de un punto de vista, que dediquemos en primer lugar nuestra atención al estado de la teoría de los sueños. Esta teoría ocupa en la historia del psicoanálisis un lugar especial, designando en ella un viraje; con ella ha cumplido el análisis el paso desde un procedimiento terapéutico a una psicología abisal. La teoría de los sueños es también, desde entonces, lo más característico y singular de nuestra joven ciencia; algo impar en el acervo general de nuestro saber; un dominio nuevo conquistado a las creencias populares y a la mística. La singularidad de las afirmaciones que hubo de sentar le ha confiado el papel de un *schiboleth,* cuyo empleo decide quién puede llegar a ser un adepto del psicoanálisis y a quién ha de permanecer por siempre inaprehensible. Para mí mismo fue un seguro

* 1932.

asidero en aquellos tiempos difíciles en que los hechos ignotos de las neurosis solían confundir mi juicio, inexperimentado aún. Siempre que comenzaba a dudar de la exactitud de mis vacilantes conocimientos, cada vez que lograba referir un sueño absurdo y embrollado en el sujeto, se renovaba mi confianza de hallarme en buen camino.

Entraña, pues, para nosotros especial interés perseguir precisamente en el caso de los sueños qué transformaciones ha experimentado el psicoanálisis en este intervalo, y además qué progreso ha realizado durante él en la comprensión y la estimación de los demás. Os diré, desde luego, que en ambos sentidos quedaréis defraudados.

Hojead conmigo la colección de la *Revista Internacional de Psicoanálisis Médica (Internationale Zeitschrift für ärztliche Psychoanalyse),* en la cual constan, desde 1913, los principales trabajos sobre nuestra ciencia. En el primer tomo hallaréis una sección permanente dedicada a *La interpretación de los sueños*[1] con numerosas aportaciones a los distintos problemas de la teoría de los sueños. Pero conforme vayáis avanzando en vuestra rebusca veréis que tales aportaciones se hacen cada vez menos frecuentes, hasta la desaparición total de la sección correspondiente. Los analíticos se conducen como si nada tuvieran ya que decir sobre los sueños, como si la teoría de los mismos fuera ya cosa acabada. Pero si me preguntáis qué es lo que de la teoría de los sueños han aceptado las gentes ajenas a nuestro círculo, los muchos psiquiatras y psicoterapeutas que arriman su sardina a nuestras ascuas –sin mostrarse ciertamente muy agradecidos a nuestra hospitalidad–, las gentes llamadas intelectuales que acostumbran apropiarse los resultados más impresionantes de la ciencia, los literatos y el gran público; si preguntáis, repito, qué es lo que de la teoría de los sueños se han asimilado todas estas gentes, la respuesta es muy poco satisfactoria. Algunas fórmulas han llegado a ser generalmente conocidas, y entre ellas, algunas que jamás han sido nuestras, tales como la tesis de que todos los sueños son de naturaleza sexual; pero precisamente cosas tan importantes como la distinción fundamental entre el contenido manifiesto del sueño y las ideas latentes del mismo, el descubrimiento de que los sueños de angustia no contradicen la función cumplidora de deseos del sueño, la imposibilidad de interpretar el sueño sin ayuda de las asociaciones correspondientes al sujeto y, sobre todo, el descubrimiento de que lo más esencial del sueño es el proceso de la elaboración onírica; todo esto parece ser aún tan ajeno como hace treinta años a la conciencia general. Puedo afirmarlo así porque en el intervalo he recibido multitud de cartas de personas que me relatan en ellas sus sueños, pidiéndome su interpretación, o me demandan explicaciones sobre la naturaleza de los sueños, afirmando haber leído mi *Interpretación de los sueños*, cuando cada una de las frases de sus cartas delata su incomprensión de nuestra teoría onírica. Ello no ha de impedirnos, sin embargo, recapitular nuevamente lo que de los sueños sabemos. Recordaréis, seguramente, que en nuestra anterior exposición de la materia dedicamos toda una serie de conferencias a mostrar cómo se había llegado a la comprensión de tal fenómeno psíquico, hasta entonces inexplicable.

Así, pues, cuando alguien, por ejemplo un paciente sometido a la terapia analítica, nos relata uno de sus sueños, hacemos cuenta de que con ello nos ha hecho una de las comunicaciones a las que hubo de obligarse al ponerse en tratamiento. Aunque, desde luego, una comunicación con medios impropios, pues el sueño no es en sí una expresión social ni un medio de comunicación. Así, no comprendemos lo que el sujeto quiere decirnos y, por su parte, tampoco él lo sabe a punto fijo. Se nos plantea entonces un dilema que hemos de resolver rápidamente: o bien el sueño es, como nos lo aseguran los médicos no analíticos, un signo de que el sujeto ha dormido mal, de que no todas las partes de su cerebro se han aquietado por igual y de que ciertos lugares del mismo, bajo el influjo de estímulos desconocidos, han querido seguir trabajando y sólo de un modo muy imperfecto lo han podido, y entonces haremos bien en no ocuparnos más del producto, carente de todo valor psíquico, de la perturbación nocturna, ya que su investigación nada útil para nuestros propósitos puede suministrarnos. O bien... Pero advertimos que de antemano nos hemos pronunciado en otro sentido. Hemos supuesto en efecto –desde luego arbitrariamente, lo confesamos–, que también un tal sueño incomprensible tenía que ser un acto psíquico plenamente válido, significativo y valioso, susceptible de ser utilizado en el análisis como otra comunicación cualquiera del paciente. Si tenemos o no razón, sólo el resultado de nuestras tentativas puede mostrarlo. Si conseguimos transformar el sueño en una tal manifestación valiosa, podremos esperar averiguar algo nuevo, obtener comunicaciones tales como hasta ahora nos habían sido inaccesibles.

Mas en este punto se alzan ante nosotros las dificultades de nuestra labor y los enigmas de nuestro tema. ¿Cómo hacemos para transformar el sueño en una tal comunicación normal y cómo explicarnos que una parte de las manifestaciones del paciente haya tomado esta forma tan incomprensible para él como para nosotros?

Como veréis, esta vez no sigo el camino de una exposición genética, sino de una exposición dogmática. Nuestro primer paso consistirá en fijar nuestra nueva actitud ante el problema de los sueños con la introducción de dos nuevos conceptos o denominaciones. A lo que hasta ahora se ha dado el nombre de «sueño» lo llamamos «texto del sueño» o «sueño *manifiesto*», y a lo que buscamos y, por decirlo así, presumimos detrás del sueño lo designamos como «ideas *latentes* del sueño». Hecho así, podemos expresar nuestras dos labores en la forma siguiente: Tenemos que transformar el sueño manifiesto en el sueño latente e indicar cómo este último se ha hecho el primero en la vida anímica del sujeto. La primera parte es una labor práctica que atañe a la *interpretación onírica* y precisa de una técnica; la segunda es una labor teórica que ha de explicar el supuesto proceso de la *elaboración del sueño,* y sólo una teoría puede ser. Ambas, la técnica de la interpretación onírica y la teoría de la elaboración del sueño, han de ser creadas de nuevo.

¿Por cuál de ellas hemos de comenzar? A mi juicio, por la técnica de la interpretación de los sueños. Su mayor plasticidad habrá de haceros impresión más viva.

Tenemos, pues, que el paciente nos ha relatado un sueño que hemos de interpretar. Hemos escuchado pasivamente su relato sin hacer reflexión alguna sobre él. ¿Qué hacemos primero? Decidimos preocuparnos lo menos posible de lo que hemos oído, o sea del sueño manifiesto. Naturalmente, este sueño manifiesto muestra diversos caracteres que no nos son del todo indiferentes. Puede ser coherente, correctamente compuesto como un poema, o incomprensiblemente embrollado, casi como un delirio; puede contener elementos absurdos o chistosos y conclusiones aparentemente ingeniosas; puede resultar claro y preciso al sujeto o turbio y desvanecido; sus imágenes pueden mostrar la plena intensidad sensorial de percepciones o ser imprecisas como vagas sombras, y un mismo sueño puede reunir los más diversos caracteres distribuidos en diversos lugares; el sueño puede mostrar, en fin, un tono afectivo indiferente o ir acompañado de intensísimas excitaciones alegres o penosas. No debéis creer que hacemos caso omiso de esta infinita variedad en el sueño manifiesto; más adelante volveremos sobre el asunto y hallaremos elementos útiles para el análisis, mas por de pronto prescindimos de ellos y emprendemos el camino principal de la interpretación onírica; esto es, invitamos al sujeto a libertarse también él de la impresión del sueño manifiesto, a desviar su atención a la totalidad del mismo para concentrarla sobre cada una de las partes del contenido del sueño, y a comunicarnos sucesivamente las asociaciones que enlacen a cada una de tales partes.

¿No es ésta acaso una técnica especial y no el modo corriente de tratar una comunicación o una manifestación? Y seguramente adivináis también que detrás de este procedimiento se ocultan premisas aún no expuestas. Pero continuemos. ¿En qué orden hacemos que el paciente vaya revisando los trozos de su sueño? Se nos ofrecen aquí varios caminos. Podemos seguir sencillamente el orden cronológico tal como se ha establecido en el relato del sueño. Éste es, por decirlo así, el método más riguroso y clásico. O podemos hacer que el paciente busque y repase primero en su sueño los *restos diurnos*, pues la experiencia nos ha enseñado que en casi todo sueño se ha introducido un residuo mnémico de uno o varios de los acontecimientos del día inmediatamente anterior o una alusión a ellos y, siguiendo tales enlaces, hemos hallado con frecuencia, de una vez, la transición desde el mundo de los sueños, aparentemente muy lejano, a la vida real del paciente. O, por último, le hacemos comenzar por aquellos elementos del contenido del sueño que más le han impresionado por su singular precisión y su intensidad sensible. Sabemos, en efecto, que a tales elementos enlazará asociaciones más fácilmente que a otros.

De cualquiera de esos medios podemos indistintamente servirnos para aproximarnos a las asociaciones deseadas.

Y luego obtenemos tales asociaciones. Las cuales nos traen las cosas más diversas: recuerdos del día inmediatamente anterior al sueño y de tiempos muy pretéritos, reflexiones, discusiones con el pro y el contra, confesiones y consultas. Algunas de ellas brotan con fácil espontaneidad de labios del paciente, otras surgen con más esfuerzo y después de un cierto titubeo. En su mayor parte muestran una clara relación con un elemento del sueño, lo cual no es maravilla ninguna, puesto que parte de dichos elementos; pero también sucede que el paciente las inicie con las palabras siguientes: esto no me parece que tiene nada que ver con el sueño; lo digo sólo por no callar nada de lo que se me ocurra.

Si en la interpretación de los sueños dependemos en general y en primera línea de las asociaciones del sujeto, nos conducimos, sin embargo, con plena independencia en cuanto a ciertos elementos del contenido del sueño, pues a su respecto fallan, por lo regular, las asociaciones. Hemos observado desde muy pronto que los contenidos en que así sucede son siempre los mismos; no son muy numerosos, y una experiencia acumulada nos ha enseñado que deben ser considerados e interpretados como *símbolos* de algo distinto. Comparados con los demás elementos del sueño, se les puede adscribir una significación fija, que, sin embargo, no ha de ser precisamente unívoca, y cuya amplitud es determinada por reglas especiales y singulares.

Como nosotros sabemos traducir estos símbolos y el sujeto no, a pesar de ser él quien los ha empleado, puede darse el caso de que el sentido de un sueño se nos evidencie inmediatamente, antes aun de todo trabajo de interpretación, en el acto de oírnos relatar el texto del sueño, mientras que el sujeto se encuentra todavía ante un enigma. Pero sobre el simbolismo, nuestro conocimiento de él y los problemas que nos plantea hemos dicho ya tanto en nuestras anteriores conferencias que no necesitamos hoy repetirnos.

Esto es, pues, nuestro método de interpretación de los sueños. La primera pregunta que se nos planteará será la siguiente: ¿pueden con él interpretarse todos los sueños? Y la respuesta será: no, no todos; pero sí tantos que la utilidad y la justificación del procedimiento quedan aseguradas. Mas ¿por qué no todos? La respuesta a esta nueva interrogación nos enseña algo muy importante que nos adentra ya en las condiciones psíquicas de la formación de los sueños. Tal respuesta es: porque la labor de la interpretación se desarrolla contra una resistencia que varía, desde magnitudes apenas perceptibles, hasta lo insuperable –por lo menos para nuestros medios de acción actuales–. Las manifestaciones de esta resistencia no pueden ser desatendidas en el curso de la labor de interpretación. En algunos lugares, las asociaciones surgen sin vacilación, y ya la primera o la segunda ocurrencia trae consigo la solución. En otros, el paciente se atasca y titubea antes de dar salida a una asociación, y entonces tenemos muchas veces que oír toda una larga cadena de ocurrencias antes de obtener algo aprovechable para la comprensión del sueño. Cuanto más larga y más digresiva es la cadena de asociaciones, más intensa juzgamos acertadamente la resistencia. También en el olvido de los sueños advertimos idéntico influjo. Sucede muy a menudo que el paciente, por más que hace, no puede recordar uno de sus sueños. Pero cuando un trozo de nuestra labor analítica llega a vencer una dificultad que había perturbado la relación del paciente con el análisis, el sueño olvidado es recordado de repente.

A este punto se enlazan otras dos observaciones. Sucede muchas veces que al principio se silencia un trozo del sueño, que es relatado luego como apéndice al mismo. Esto debe considerarse como una tentativa de olvidar dicho trozo. La experiencia muestra que precisamente tal fragmento es el más importante y significativo; suponemos, pues, que a su comunicación se oponía una resistencia mayor que a la del resto del sueño. Además, vemos frecuentemente que el sujeto precave el olvido de sus sueños sentándolos por escrito en cuanto despierta. Podemos decirle que tal precaución es totalmente inútil, pues la resistencia a la que ha hurtado la retención del texto del sueño se desplaza entonces sobre la asociación y hace al sueño inaccesible a la interpretación. En estas circunstancias no habremos de extrañar que un nuevo incremento de la resistencia sojuzgue en absoluto las asociaciones y haga con ello fracasar la interpretación.

De todo esto concluimos que la resistencia que advertimos en la interpretación de los sueños tiene que participar también en la génesis de los mismos. Podemos incluso distinguir los sueños que se han formado bajo la presión de una intensa resistencia de aquéllos en que la misma ha sido escasa. Pero tal presión varía también dentro del mismo sueño de unos trozos a otros; a ella se deben las lagunas, oscuridades y confusiones que pueden interrumpir la coherencia de los más bellos sueños.

Mas, ¿cuál es la labor de la resistencia y contra qué actúa? Para nosotros, la resistencia es signo inequívoco de un conflicto. Ha de existir aquí una fuerza que quiere expresar algo y otra que se resiste a consentir tal expresión. Lo que entonces se constituye como sueño manifiesto puede sintetizar todas las decisiones en las que se ha condensado esta pugna de ambas tendencias. En un lugar puede haber conseguido una de tales fuerzas imponer lo que quería decir, y, en cambio, en otros, la instancia contraria ha logrado extinguir por completo la comunicación propuesta o sustituirla por algo que no delata huella ninguna de ella. Predominantes y máximamente característicos de la formación de los sueños son aquellos casos en los que el conflicto se resuelve en una transacción, de modo que la instancia comunicativa pudo decir lo que quería, pero no como quería, sino en una forma mitigada, deformada e irreconocible.

Así, pues, si el sueño no reproduce fielmente las ideas oníricas, y si es necesaria una labor de interpretación para salvar el abismo entre uno y otras, es por un éxito de la instancia resistente, inhibitoria y restrictiva, que deducimos de la percepción de la resistencia en la interpretación onírica. Mientras estudiamos el sueño como fenómeno aislado, independiente de los productos psíquicos a él afines, dimos a esta instancia el nombre de *censor del sueño*.

Sabéis ya que esta censura no es un dispositivo privativo de la vida onírica. Que el conflicto entre dos instancias psíquicas, que designamos –imprecisamente– como lo reprimido inconsciente y lo consciente, rige en general nuestra vida psíquica y que la resistencia contra la interpretación de los sueños, el signo de la censura onírica, no es más que la resistencia de la represión que contrapone a tales dos instancias. Sabéis también que del conflicto entre las mismas surgen, bajo determinadas condiciones, otros productos psíquicos que, al igual que el sueño, son el resultado de transacciones, y no pediréis que os repita ahora todo lo contenido en mi introducción a la teoría de las neurosis para exponeros lo que de las condiciones de tal constitución de transacciones sabemos. Habéis comprendido que el sueño es un producto patológico, el primer elemento de la serie que comprende el síntoma histérico, la representación obsesiva y la idea delirante, pero diferenciado de los demás por su condición efímera y su génesis en circunstancias pertenecientes a la vida normal. Pues –retengámoslo– la vida onírica es, como ya Aristóteles lo dijo, la manera en que nuestra alma trabaja mientras dormimos. El dormir establece un apartamiento del mundo real, con lo cual se da la condición del desarrollo de una psicosis. El estudio más cuidadoso de las psicosis graves no nos descubrirá rasgo ninguno más característico de este estado patológico. Pero en las psicosis, el apartamiento de la realidad es provocado de dos maneras distintas: o bien toma fuerza preponderante lo inconsciente reprimido y sojuzga a lo consciente pendiente de la realidad, o bien la realidad se ha hecho tan insoportablemente penosa que el *yo* amenazado, rebelándose desesperadamente, se arroja en brazos de lo instintivo inconsciente. La inocente psicosis onírica es la consecuencia de un retraimiento, conscientemente voluntario y sólo temporal, del mundo exterior, y desaparece con la renovación de las relaciones con el mismo. Durante el aislamiento del durmiente se establece también una modificación en la distribución de su energía psíquica; una parte del esfuerzo de represión, empleado hasta entonces en el sojuzgamiento de lo inconsciente, puede ser ahorrada, pues, aunque lo inconsciente aprovecha su relativa liberación para actuar, encuentra de todos modos cerrado el camino a la motilidad y sólo abierto el innocuo que conduce a la satisfacción alucinatoria. Puede así entonces formarse un sueño; pero el hecho de la censura onírica muestra que aun durante el dormir se ha conservado magnitud suficiente de la resistencia represora.

Se nos abre aquí el camino para dar respuesta a la interrogación de si el sueño tiene también una función útil. El reposo exento de estímulos que el dormir quisiera establecer es amenazado por tres lados: de un modo casual, por estímulos exteriores sobrevenidos durante el dormir y por intereses diurnos que no se dejan interrumpir; de un modo inevitable, por los impulsos instintivos reprimidos, insatisfechos, que acechan la ocasión de exteriorizarse. A consecuencia de la debilitación nocturna de las represiones existiría el peligro de que la tranquilidad del dormir fuera perturbada cada vez que el estímulo interno o externo lograra una conexión con una de las fuentes de instintos inconscientes. El proceso onírico hace desembocar el producto de una tal acción conjunta en un suceso alucinatorio innocuo, y asegura así la perduración del dormir. No contradice tal función el hecho de que el sueño despierte a veces, angustiado, al sujeto, hecho que es la señal de que el vigilante considera demasiado peligrosa la situación y no cree ya poderla dominar. Con frecuencia advertimos aún, dormidos todavía, la observación tranquilizadora que intenta evitar el despertar: pero ¡si no es más que un sueño!

Hasta aquí, señoras y señores, lo que me proponía deciros sobre la interpretación onírica, cuya labor es conducirnos desde el sueño manifiesto a las ideas latentes del sueño. Conseguido esto, el sueño pierde casi siempre su interés en cuanto al análisis práctico. Añadimos la comunicación obtenida en forma de sueño a las demás suministradas por el sujeto y proseguimos el análisis. Mas, desde otro punto de vista, el sueño sigue interesándonos. Nos interesa, en efecto, estudiar el proceso que ha transformado las ideas oníricas latentes en sueño manifiesto, proceso al que damos el nombre de «elaboración del sueño». Habiéndolo descrito detalladamente en mis anteriores conferencias, me limitaré hoy a sintetizarlo.

El proceso de la elaboración del sueño es, pues, algo totalmente nuevo, singular y sin precedente. Nos ha procurado una primera visión de los procesos que se desarrollan en el sistema inconsciente y nos ha mostrado que son muy otros de los que conocemos de nuestro pensamiento consciente y que para este último tienen que resultar inauditos y defectuosos. La importancia de estos hallazgos ha sido luego intensificada por el descubrimiento de que en la formación de los síntomas neuróticos actúan los mismos mecanismos -no nos atrevemos a decir procesos mentales- que han transformado las ideas oníricas latentes en el sueño manifiesto.

En lo que sigue me ha de ser imposible evitar una expresión esquemática. Supongamos que en un caso determinado tenemos una visión conjunta de todas las ideas latentes más o menos cargadas de afecto que han sustituido al sueño manifiesto, una vez cumplida la interpretación del mismo. Entonces advertimos entre ellas una diferencia, y esta diferencia nos llevará lejos. Casi todas estas ideas son conocidas o reconocidas por el sujeto; concede que ha pensado así en esta ocasión, o en otra anterior, o que podía haber pensado así. Sólo contra la aceptación de una de ellas se resiste; tal idea le es ajena, y quizá incluso repulsiva; es posible que la rechace de sí con apasionada excitación. Se nos hace entonces patente que las demás ideas son fragmentos de su pensamiento consciente, o más exactamente preconsciente; podían muy bien haber sido pensadas durante la vigilia, y probablemente se han formado durante la vida diurna. Pero la idea, o mejor aún, el impulso rechazado es hijo de la noche; pertenece a lo inconsciente del sujeto, y es así negado y rechazado por él. Tuvo que esperar el relajamiento nocturno de la represión para lograr una expresión cualquiera. De todos modos, tal expresión es una expresión mitigada, deformada y disfrazada; sin la labor de la interpretación no la hubiéramos hallado. Al enlace con las demás ideas incontestadas del sueño debe este impulso inconsciente la ocasión de deslizarse, con un disfraz que le hace irreconocible, a través de las barreras de la censura; por otro lado, las ideas preconscientes del sueño deben a este mismo enlace el poder de ocupar también durante el dormir a la vida anímica. Pues no nos cabe la menor duda de que tal impulso inconsciente es el verdadero creador del sueño; despierta la energía psíquica necesaria para su formación. Como todo otro impulso instintivo, no puede aspirar más que a su propia satisfacción, y nuestra experiencia en la interpretación onírica nos muestra también que tal es el sentido de todo soñar. En todo sueño ha de ser representado como cumplido un deseo instintivo. El apartamiento nocturno de la realidad de toda la vida onírica y la regresión a mecanismos primitivos que tal apartamiento condiciona hacen posible que dicha satisfacción alucinatoria de un instinto sea vivida como presente. A consecuencia de la misma regresión se convierten en el sueño las representaciones en imágenes visuales, siendo así dramatizadas e ilustradas las ideas latentes del sueño.

Este fragmento de la elaboración onírica nos informa sobre algunos de los caracteres más peculiares y singulares del sueño. Repetiré el proceso de la elaboración onírica: su introducción es el deseo de dormir, el apartamiento intencional del mundo exterior. De lo cual resultan para el aparato onírico dos consecuencias: primera, la posibilidad de que surjan en él métodos de trabajo más antiguos y primitivos; esto es, la regresión. Y segunda, la disminución de la resistencia represora que pesa sobre lo inconsciente. Como secuela de este último factor resulta la posibilidad de la formación del sueño, posibilidad que es aprovechada por los motivos ocasionales; esto es, por los estímulos internos y externos entrados en actividad. El sueño que así nace es ya el producto de una transacción y tiene una doble función, siendo por un lado conforme al *yo,* en cuanto con la impresión de los estímulos perturbadores del reposo sirve al deseo de dormir, y, por otro, permite a un impulso instintivo reprimido la satisfacción en tales circunstancias, posible en forma de cumplimiento alucinatorio de un deseo. Pero todo el proceso consentido por el *yo* durmiente se halla bajo la condición de la censura ejercida por el resto de la represión subsistente. No me es posible exponer más sencillamente este proceso, porque en verdad no es más sencillo. Mas ahora ya puedo continuar la exposición de la elaboración onírica.

Volvamos de nuevo a las ideas latentes del sueño. Su elemento más vigoroso es el impulso instintivo reprimido que se ha procurado en ellas, apoyándose en estímulos casualmente dados y transfiriéndose a los restos diurnos, una expresión, siquiera sea mitigada y disfrazada.

Como todo impulso instintivo, también éste tiende a la satisfacción por medio de la acción; pero los dispositivos fisiológicos del estado de reposo le cierran el camino de la motilidad, viéndose así obligado a contentarse con una satisfacción alucinatoria. Así, pues, las ideas latentes del sueño son transformadas en una serie de imágenes sensoriales y escenas visuales. Por este camino sucede con ellas aquello que tan nuevo y extraño nos parece. Todos los recursos del idioma por medio de los cuales son expresadas las relaciones mentales más sutiles, las conjunciones y las preposiciones, los accidentes de la declinación y la conjugación, desaparecen por faltar los medios de representación para ellos; como en un idioma primitivo carente de gramática, sólo es expresada la materia prima del pensamiento y reducido el abstracto a lo concreto en que se fundamenta. Lo que así queda puede fácilmente parecer incoherente. El empleo abundante de la exposición de ciertos objetos y procesos por medio de símbolos que se han hecho ajenos al pensamiento consciente corresponde tanto a la regresión arcaica en el aparato anímico como a las exigencias de la censura. Pero aún van mucho más lejos otras mutaciones de las que son objeto los elementos de las ideas del sueño. Todas aquellas que muestran algún punto de contacto son *condensadas* en nuevas ideas. En la transformación de los pensamientos en imágenes son preferidos inequívocamente aquéllos que permiten una tal condensación, como si actuara una fuerza que sometiese el material a una compresión. A consecuencia de la condensación puede luego un elemento del sueño manifiesto corresponder a numerosos elementos de las ideas latentes del sueño; o inversamente, también un elemento de las ideas del sueño puede ser representado en el sueño por varias imágenes.

Más singular aún es el otro proceso del *desplazamiento,* o transferencia del acento, que en el pensamiento consciente es conocido tan sólo como error mental o medio del chiste. Las distintas representaciones de las ideas del sueño no son equivalentes, están cargadas con distintas magnitudes de afecto y, correlativamente, son estimadas por el juicio como más o menos importantes y dignas de interés. En la elaboración del sueño, estas representaciones son separadas de los afectos a ellas adheridos, y los afectos en sí pueden ser suprimidos, desplazados sobre algo distinto, conservados, transformados o no aparecen en absoluto en el sueño. La importancia de las representaciones despojadas de afecto retorna en el sueño como intensidad sensorial de las imágenes oníricas; pero observamos que este acento ha pasado de elementos importantes a otros indiferentes, de manera que en el sueño aparece situado en primer término como cosa principal lo que en las ideas latentes desempeñaba tan sólo un papel secundario, e, inversamente, lo esencial de tales ideas sólo encuentra en el sueño una representación pasajera e imprecisa. Ningún otro fragmento de la elaboración onírica contribuye tanto a hacer el sueño extraño e incomprensible para el soñador. El desplazamiento es el medio capital de la *deformación del sueño,* a la que tienen que someterse las ideas latentes bajo la influencia de la censura.

Después de esta acción sobre las ideas del sueño, queda éste casi completo. Todavía se agrega un factor algo inconstante, la llamada elaboración secundaria, que se desarrolla una vez que el sueño ha aparecido como objeto de la percepción ante la conciencia. Lo tratamos entonces como en general acostumbramos tratar los contenidos de la percepción; esto es, procuramos llenar lagunas y establecer encadenamientos, exponiéndonos en ello con frecuencia a graves equivocaciones. Pero esta actividad de carácter racionalizador, que en el mejor caso provee al sueño de una fachada irreprochable a la vista, pero que no puede convenir a su verdadero contenido, puede también ser omitida o manifestarse tan sólo en modestísima medida, en cuyo caso el sueño muestra abiertamente todas sus grietas y resquebrajaduras. Por otro lado, no debe olvidarse que tampoco la elaboración onírica procede siempre con igual energía; muy a menudo se limita a ciertos fragmentos de las ideas latentes, y otras de ellas pueden aparecer invariadas en el sueño. Entonces da la impresión de que en el sueño se han llevado a cabo las más sutiles operaciones intelectuales, habiéndose especulado, hecho chistes, adoptado resoluciones y resuelto problemas, mientras que todo ello es el resultado de nuestra actividad mental normal, puede haber sucedido tanto en el día anterior al sueño como durante la noche y no tiene nada que ver con la elaboración onírica ni manifiesta nada característico del sueño. Tampoco es superfluo hacer resaltar de nuevo la contradicción existente dentro de las mismas ideas latentes entre el impulso instintivo inconsciente y los restos diurnos.

En tanto que estos últimos muestran toda la variedad de nuestros actos psíquicos, el primero, que es el verdadero motor de la producción del sueño, culmina regularmente en el cumplimiento de un deseo.

Todo esto hubiera podido decíroslo ya hace quince años, e incluso creo que efectivamente os lo dije. Ahora os expondré conjuntamente cuántos descubrimientos y modificaciones han surgido en el intervalo.

Ya os he expresado mi temor de que tales novedades os parezcan de poca monta y os preguntéis por qué os he impuesto la tarea de escuchar dos veces las mismas cosas, y a mí mismo, la de repetirlas. Pero de entonces acá han pasado quince años, y he creído que sería ésta la mejor manera de volver a entrar en contacto con vosotros. Además, se trata de cosas tan elementales y de tan decisiva importancia para la comprensión del psicoanálisis, que pueden oírse con gusto dos veces, aparte de que siempre merece la pena de saberse que tales cosas fundamentales han permanecido invariables a través de quince años.

Naturalmente, en la literatura psicoanalítica de este período figura una gran cantidad de confirmaciones y exposiciones de detalle, de las cuales sólo me propongo ofreceros algunas muestras. Lo cual me dará también pretexto para orientar vuestra atención hacia algo que ya antes era conocido, y que se refiere, en su mayor parte, al simbolismo onírico y a los demás medios expositivos del sueño. Veámoslo: recientemente, los profesores médicos de una universidad norteamericana se han negado a reconocer al psicoanálisis todo carácter de ciencia, fundándose en que no permitía demostración experimental alguna. Idéntica objeción hubiera podido oponerse a la Astronomía, ya que es particularmente difícil experimentar con los cuerpos celestes. Sólo la observación es posible. De todos modos, precisamente unos investigadores vieneses han comenzado a confirmar experimentalmente nuestro simbolismo onírico. Ya en 1912, el doctor Schrötter halló que cuando a una persona profundamente hipnotizada se le ordena que sueñe procesos sexuales, en el sueño así provocado el material sexual aparece sustituido por los símbolos que conocemos. Por ejemplo: a una mujer se le ordena que sueñe el comercio sexual con una amiga. En el sueño aparece esta amiga llevando una *maleta* que ostenta una etiqueta con la inscripción siguiente: «Sólo para señoras». Más impresionantes aún son los experimentos de Betlheim y Hartmann (1924) con sujetos que padecían la llamada locura de Korsakoff. Les contaban historietas de contenido francamente sexual y atendían a las deformaciones que surgían al reproducirlas a su demanda los enfermos. En tales reproducciones surgían de nuevo los símbolos que ya nos son familiares de los órganos sexuales y del comercio sexual; entre otros, el símbolo de la escalera, del cual dicen, con razón, los autores que hubiera sido inaccesible a una tentativa consciente de deformación.

V. Silberer ha mostrado en una interesantísima serie de experimentos la posibilidad de sorprender *in fraganti* a la elaboración onírica en el acto de transformar ideas abstractas en imágenes visuales. Cuando hallándose fatigado y soñoliento intentaba forzarse a un trabajo intelectual, se le escapaba frecuentemente la idea, y surgía en su lugar una visión, que era manifiestamente un sustitutivo de aquélla.

Un ejemplo sencillo de este orden: «Pienso –dice Silberer– que debo corregir un pasaje defectuoso de un artículo». Visión: me veo cepillando un trozo de madera. En estos experimentos sucedía a menudo que lo que se convertía en contenido de la visión no era la idea que esperaba una elaboración, sino el propio estado subjetivo; el estado en lugar del objeto, cosa a la que Silberer dio el nombre de «fenómeno funcional». Un ejemplo os mostrará enseguida de qué se trata: el autor se esfuerza en comparar las opiniones de dos filósofos sobre un problema determinado. Pero en su estado de somnolencia, una de tales opiniones se le escapa una y otra vez, y por último tiene la visión de estar solicitando un informe de un secretario malhumorado, el cual, encorvado sobre su mesa de trabajo, no le hace al principio el menor caso, y le mira luego con disgusto. Probablemente las condiciones mismas del experimento explican que la visión así conseguida sea tan frecuentemente un resultado de la autoobservación.

Continuemos con los símbolos. Había algunos que creíamos haber reconocido, pero de los cuales nos inquietaba, sin embargo, no poder indicar cómo el símbolo había llegado a adquirir tal significación. En tales casos habían de sernos bienhalladas las confirmaciones procuradas por otros sectores: la Lingüística, el folklore, la Mitología y el ritual. Un ejemplo de este orden es el símbolo de la capa. Decíamos que, en el sueño de una mujer, la capa representa a un hombre. Espero que os impresionará oír lo que Th. Reik nos informa en 1920: «En el antiquísimo ceremonial nupcial de los beduinos, el novio cubre a la novia con una capa, llamada *aba,* mientras pronuncia la frase ritual siguiente: "En adelante, nadie más que yo te cubrirá"» (citado, según Robert Eisler, en *Weltenmantel und Himmelszelt)*. También nosotros hemos descubierto varios símbolos nuevos, de los cuales os citaré, por lo menos, dos. Según Abraham (1922), la araña en el suelo es un símbolo de la madre, pero de la madre fálica, a la que se tiene miedo; de modo que el miedo a la araña expresa el miedo ante el incesto con la madre y el horror al genital femenino. Sabéis quizá que el producto mitológico de la cabeza de Medusa ha de referirse al mismo motivo del miedo a la castración. El otro símbolo del que quiero hablaros es el del puente. Ferenczi lo ha explicado en 1921-1922. Significa originariamente el miembro masculino, que une al padre con la madre en el acto sexual; pero desarrolla luego otras significaciones, derivadas de la primera. En cuanto al miembro masculino se debe el que el ser humano pueda salir de las aguas del parto y venir al mundo, el puente se convierte en el paso desde el lado de allá (el no haber nacido aún, el seno materno) al lado de acá (la vida); y como el hombre se representa también la muerte como un retorno al seno materno (al agua), el puente recibe la significación de un transporte a la muerte, y por último, más lejos aún de su sentido inicial, significa, en general, una transición, un cambio de estado. Con ello concuerda el hecho de que la mujer que no ha superado aún el deseo de ser un hombre sueñe tan frecuentemente con puentes, demasiado cortos para alcanzar la otra orilla.

En el contenido manifiesto de los sueños aparecen muy frecuentemente imágenes y situaciones que recuerdan temas conocidos de las leyendas y los mitos. La interpretación de tales sueños ilumina entonces los intereses originales que crearon tales temas, en lo cual no debemos olvidar, naturalmente, el cambio de significación que el material correspondiente ha experimentado en el curso del tiempo. Nuestra labor de interpretación descubre, por decirlo así, la materia prima, que muy a menudo es de carácter sexual, pero que en una elaboración posterior ha encontrado las más diversas aplicaciones. Tales referencias suelen atraernos el enojo de todos los investigadores de orientación no analítica, como si pretendiéramos negar o menospreciar todo lo que en desarrollos posteriores ha venido a superponerse. Sin embargo, estas opiniones son muy instructivas e interesantes. Lo mismo puede decirse de la derivación de ciertos temas de las artes plásticas, cuando, por ejemplo, J. Eisler (1919) interpreta analíticamente, según la parte inicial de sueños de sus pacientes, el adolescente que juega con un niño, representado en el *Hermes*, de Praxiteles. Por último, no puedo menos de mencionar cuán a menudo encuentran precisamente los temas mitológicos su aclaración por medio de la interpretación de los sueños. Así, la leyenda del laberinto revela ser la representación de un parto anal; los caminos intrincados son los intestinos, y el hijo de Ariadna, el cordón umbilical.

Las formas expositivas de la elaboración onírica, materia interesantísima y apenas agotable, nos van siendo cada vez más familiares gracias a un penetrante estudio. Veamos algunos ejemplos: en ocasiones, el sueño expone la relación de frecuencia por medio de la multiplicación de lo idéntico. Oídme el sueño singular de una muchachita: entra en un salón, y encuentra en él a una persona, sentada en una silla, y repetida ocho o más veces, pero idéntica siempre a su padre. Esto es fácil de comprender cuando por las circunstancias accesorias del sueño averiguamos que el salón representa el claustro materno. Entonces, el sueño se hace equivalente a la conocida fantasía de la adolescente que pretende haberse tropezado ya con el padre en la vida intrauterina, cuando el mismo visitaba a la madre durante su embarazo. El hecho de que el sueño muestre algo invertido, esto es, que la entrada del padre aparezca desplazada sobre la propia persona de la sujeto, no debe desorientarnos; tiene, además, su significación particular. La multiplicación de la persona del padre puede sólo significar que el proceso correspondiente se desarrolló varias veces. En realidad, hemos de confesar también que el sueño no se toma demasiadas libertades cuando expresa la *frecuencia* por medio de la *acumulación.* No hace más que volver al significado original de la palabra, que para nosotros significa hoy una repetición en el tiempo, pero que está tomada de una reunión en el espacio. Y es que la elaboración onírica convierte siempre que puede las relaciones temporales en relaciones espaciales, y las expone como tales. Así, el sujeto ve, por ejemplo, en el sueño una escena entre personas, que parecen muy pequeñas y lejanas, como vistas con unos gemelos al revés. La pequeñez y la lejanía espacial significan aquí lo mismo. Aluden al alejamiento en el tiempo; ha de entenderse que se trata de una escena perteneciente a un lejano pretérito. Además, recordáis quizá que ya en mis conferencias anteriores os dije y os mostré con ejemplos que habíamos aprendido a utilizar también para la interpretación rasgos puramente formales del sueño manifiesto, o sea, a convertirlos en contenido de las ideas latentes del sueño. Ahora bien, sabéis ya que todos los sueños de una noche pertenecen al mismo sistema. Pero no es siquiera indiferente que estos sueños parezcan al sujeto una continuidad o que los articule en varios trozos y en cuántos. El número de estos fragmentos corresponde con frecuencia a otros tantos centros distintos de la producción de ideas en las ideas latentes, o a otras tantas corrientes que pugnan entre sí en la vida anímica del sujeto, cada una de las cuales encuentra expresión principal, aunque no exclusiva, en uno de los fragmentos del sueño. Un breve sueño previo y un largo sueño principal se hallan frecuentemente entre sí en la relación de condición y ejecución; caso del cual hallaréis un claro ejemplo en mis antiguas conferencias. Un sueño, del que el sujeto dice haberse interpolado en otro, corresponde realmente a una frase secundaria en las ideas del sueño. En un estudio sobre los pares de sueños ha mostrado Franz Alexander (1925) que dos sueños de una misma noche se reparten muchas veces la ejecución de la labor del sueño de tal manera que reunidos dan el cumplimiento en dos etapas de un deseo; cumplimiento que ninguno de ellos por separado lleva a cabo. Cuando el deseo del sueño tiene por contenido, por ejemplo, un acto ilícito realizado con una persona determinada, esta persona aparece inequívocamente en el primer sueño, y, en cambio, el acto sólo tímidamente indicado. El segundo sueño obra al revés. El acto es inequívocamente designado, pero la persona aparece irreconocible o es sustituida por otra indiferente. Esto da realmente una impresión de astucia. Una segunda y análoga relación entre las dos partes de un par de sueños es la de que uno de ellos representa el castigo, y la otra, la satisfacción ilícita. Como si dijéramos: si se acepta el castigo, puede uno permitirse lo prohibido.

No puedo deteneros por más tiempo en estos pequeños descubrimientos, ni tampoco en las discusiones referentes a la aplicación de la interpretación de los sueños en la labor analítica. Puedo suponer que estáis impacientes por oír qué modificaciones han surgido en las concepciones fundamentales sobre la esencia y la significación de los sueños. Estáis ya preparados a que precisamente sobre ello hay poco que exponer. El punto más discutido de toda la teoría ha sido acaso la afirmación de que todos los sueños son cumplimientos de deseos. La inevitable y constante objeción de los profanos de que hay tantos sueños de angustia quedó ya rebatida en nuestras conferencias anteriores. Con la división en sueños optativos, sueños de angustia y sueños punitivos hemos mantenido en pie nuestra teoría.

También los sueños punitivos son satisfacciones de deseos; pero no de los deseos de los impulsos instintivos, sino de la instancia crítica, censora y punitiva de la vida anímica. Cuando nos encontramos ante un puro sueño punitivo, una sencilla operación mental nos permite reconstruir el sueño optativo, del que el punitivo es la réplica exacta, sustituida para el sueño manifiesto por esta repulsa. Sabéis ya que el estudio del sueño es lo que primero nos ha ayudado para la comprensión de las neurosis. Encontraréis también comprensible que nuestro conocimiento de las neurosis haya podido influir luego en nuestra concepción del sueño. Como más adelante oiréis, nos hemos visto precisados a admitir que en la vida anímica existe una instancia especial, crítica y prohibitiva, a la que llamamos el *super-yo.* Al reconocer también en la censura onírica una función de esta instancia fuimos conducidos a considerar más atentamente la participación del *super-yo* en la producción de los sueños.

Contra la teoría según la cual el sueño es el cumplimiento de un deseo se alzan tan sólo dos dificultades de alguna monta, cuya discusión lleva muy lejos, sin que de todos modos haya culminado aún en una solución satisfactoria. La primera de tales dificultades está en el hecho de que aquellas personas que han pasado por grave trauma psíquico, caso tan frecuente en la gran guerra, como base de una histeria traumática sean tan regularmente transportadas de nuevo por el sueño a la situación traumática. Lo cual no debería suceder, según nuestra hipótesis sobre la función del sueño. ¿Qué impulso optativo podría ser satisfecho por esta regresión al penosísimo suceso traumático? Es difícil adivinarlo. Con la segunda dificultad tropezamos casi a diario en la labor analítica; pero no supone objeción tan poderosa como la primera. Sabéis que una de las tareas del psicoanálisis es levantar el velo de la amnesia que encubre los primeros años infantiles y llevar al recuerdo consciente las expresiones de la vida sexual de la primera infancia en ellos contenidas. Ahora bien, estas primeras vivencias sexuales del niño están enlazadas a impresiones dolorosas de angustia, prohibición, desilusión y castigo; se comprende que hayan sido reprimidas; pero entonces no se comprende que tengan tan amplio acceso a la vida onírica, que procuren los modelos para tantas fantasías oníricas y que los sueños estén llenos de reproducciones de estas escenas infantiles y de alusiones a ellas. Su carácter displicente parece avenirse mal con la tendencia cumplidora de deseos del sueño. Pero quizá en este caso exageramos la dificultad. A las mismas vivencias infantiles se adhieren, en efecto, todos los deseos instintivos, imperecederos e insatisfechos, que suministran, a través de toda la vida, la energía para la producción de los sueños; deseos de los que no es aventurado aceptar que en su poderoso impulso ascensional pueden empujar también hacia la superficie el material de sucesos penosamente sentidos. Y, por otra parte, en la manera en que este material es reproducido se manifiesta evidentemente el esfuerzo de la elaboración onírica para negar el displacer por medio de la deformación y transformar la desilusión en cumplimiento. Otra cosa sucede en las neurosis traumáticas; en ellas los sueños culminan regularmente en desarrollo de angustia. A mi juicio, no debemos huir de confesar que en este caso falla la función del sueño. No quiero invocar la tesis de que la excepción demuestra la regla; su sabiduría me parece más que dudosa. Pero lo que sí sucede es que la excepción no invalida la regla. Cuando aislamos, para estudiarla, de todo su contexto una única función psíquica como el sueño, nos hacemos posible descubrir sus normatividades peculiares; cuando la volvemos a insertar en su conjunto, debemos estar preparados a saber que tales resultados son oscurecidos o modificados por el choque con otros poderes. Decimos que el sueño es un cumplimiento de deseos; si por vuestra parte queréis tener en cuenta las últimas objeciones, podéis decir que el sueño es la *tentativa* de un cumplimiento de deseos. Mas para nadie que sepa infundirse en la dinámica psíquica habréis dicho entonces nada distinto. En determinadas circunstancias, el sueño puede no conseguir sino muy imperfectamente su propósito o tiene que abandonarlo; la fijación inconsciente a un trauma parece ser el principal de estos impedimentos de la función del sueño. El sujeto sueña porque el relajamiento nocturno de la censura deja entrar en actividad el impulso ascensional de la fijación traumática; pero falla la función de su elaboración onírica, que quisiera transformar las huellas mnémicas del suceso traumático en un cumplimiento de deseos. En estas circunstancias surge el insomnio; el sujeto renuncia a dormir por miedo al fracaso de la función onírica. La neurosis traumática nos muestra aquí un caso extremo; pero también a las vivencias infantiles tenemos que reconocerles carácter traumático, y no hay por qué extrañar que también bajo otras condiciones se produzcan trastornos menos importantes de la función del sueño.

Sueño y ocultismo*

Tócanos hoy encaminarnos por un sendero estrecho, pero que puede conducirnos a la visión de un vasto panorama.

El anuncio de que mi conferencia de hoy va a versar sobre las relaciones del sueño con el ocultismo apenas habrá de sorprenderos, ya que el sueño ha sido considerado muy a menudo como el acceso al mundo de la mística, y es todavía para mucha gente un fenómeno oculto. Tampoco nosotros, que lo hemos hecho objeto de la investigación científica, negamos que posea uno o más hilos de enlace con aquellos oscuros dominios. Cuando hablamos de la mística y del ocultismo, ¿qué es lo que con tales términos designamos? No esperéis de mí tentativa alguna de abarcar con definiciones estos dominios, mal delimitados. De un modo general e indeterminado, todos sabemos de lo que se trata. Es una especie de Más Allá de aquel mundo luminoso, regidos por leyes implacables, que la ciencia ha edificado para nosotros.

* 1932.

El ocultismo afirma la existencia real de aquellas «cosas que existen entre el Cielo y la Tierra, y de las que nada sospecha nuestra filosofía». Mas por nuestra parte no queremos obstinarnos en estrechez de miras semejante; estamos dispuestos a creer lo que se nos haga creíble.

Nos proponemos proceder con estas cosas como con todo otro material científico: fijar primero si tales procesos son verdaderamente observables, y luego, pero sólo luego, cuando su efectividad no deje ya ningún lugar a dudas, procurar encontrarles explicación. Mas no se puede negar que ya esta decisión nos es dificultada por factores intelectuales, psicológicos e históricos. El caso es muy distinto del de otras investigaciones.

Veamos primero la dificultad intelectual. Permitidme que emplee, para mayor claridad, imágenes burdamente concretas. Supongamos que se trata del problema de la constitución del interior de la Tierra. Nada seguro sabemos sobre ella. Sospechamos que se compone de metales pesados en estado de incandescencia. Pero supongamos que alguien sale afirmando que el interior de la Tierra es agua saturada de ácido carbónico, o sea, una especie gaseosa. Seguramente diremos que semejante afirmación es muy inverosímil, que contradice todas nuestras suposiciones y que no tiene en cuenta ninguno de aquellos puntos de apoyo de nuestro saber que nos han llevado a erigir la hipótesis de los metales en ignición. Pero, de todos modos, no se trata de algo absolutamente inconcebible, y si alguien nos muestra un camino conducente a la verificación de la hipótesis de la gaseosa, le seguiremos sin resistencia. Pero luego, otro investigador afirma que el núcleo central de la Tierra sería de mermelada. Ante este aserto nos conduciremos muy diferentemente. Nos diremos que la mermelada no existe en la Naturaleza, que es un producto de la cocina humana, que la existencia de tal materia presupone, además, la de árboles frutales y sus frutos y que ignoramos cómo podríamos transferir al interior de la Tierra la vegetación y el arte culinario; el resultado de todas estas objeciones intelectuales será un viraje de nuestro interés: en lugar de emprender la investigación de si el núcleo central de la Tierra es verdaderamente de mermelada, nos preguntaremos qué clase de hombre puede ser el que ha tenido tan peregrina idea y, cuando más, le preguntaremos en qué la funda. El desdichado promotor de la teorías de la mermelada se sentirá altamente ofendido y nos acusará de negarle, movidos por un prejuicio pretenciosamente científico, la validez objetiva de su afirmación. Pero de nada le servirá. Sentimos que los prejuicios no siempre son rechazables, sino, muchas veces, justificados y adecuados para ahorrarnos esfuerzos inútiles. No son sino conclusiones por analogía, según otros juicios perfectamente fundados.

Gran parte de las afirmaciones ocultistas actúa sobre nosotros del mismo modo que la hipótesis de la mermelada, de forma que nos sentimos con derecho a rechazarlas desde un principio sin previo examen. Pero la cosa no es tan sencilla. Una comparación como la elegida por mí en este caso no demuestra nada, como, en general, toda comparación. Es discutible que sea adecuada, y ya se comprende que la actitud de repulsa despreciativa ha determinado su elección. Los prejuicios son a veces adecuados y justificados; pero también otras, erróneos y perjudiciales, y nunca se sabe a punto fijo, cuándo son lo primero y cuándo lo segundo. La historia de las ciencias está llena de sucesos que pueden precavernos contra toda condenación demasiado expedita. Durante mucho tiempo se consideró también insensata la hipótesis de que las piedras que hoy llamamos meteoritos habían caído a la Tierra desde los espacios celestes, e igualmente la de que las rocas de las montañas que encierran restos de conchas habían sido un día fondos marinos. Lo mismo sucedió, por lo demás, a nuestro psicoanálisis cuando afirmó la posibilidad de deducir lo inconsciente. Así, pues, nosotros los analíticos tenemos especiales razones para ser prudentes en la aplicación de los motivos intelectuales para la repulsa de nuevas afirmaciones, y tenemos que confesar que no nos protege contra la duda y la inseguridad.

El segundo factor hemos dicho que era el psicológico. Nos referimos con ello a la general inclinación de los hombres a la credulidad y a la milagrería. Desde el momento en que la vida nos impone su severa disciplina, se alza en nosotros una resistencia contra el rigor y la monotonía de las leyes del pensamiento y contra las exigencias de la realidad. La razón se convierte en una enemiga que nos priva de tantas posibilidades de placer. Descubrimos cuánto placer procura escapar a ella por lo menos temporalmente y entregarse a las seducciones de lo insensato. El escolar se divierte haciendo juegos de palabras, el especialista toma en broma sus actividades después de un congreso científico y hasta el hombre más serio saborea el chiste. Una hostilidad más seria contra «la razón y la ciencia, la mejor fuerza del hombre», espera su hora propicia, se apresura a dar al curandero la preferencia sobre el médico «de estudios», acoge las afirmaciones del ocultismo mientras sus pretendidos hechos comprobados son tenidos por infracciones de la ley y la norma, adormece la crítica, falsea las percepciones y presenta confirmaciones y adhesiones no justificables. Teniendo en cuenta esta inclinación de los hombres, hay fundamento sobrado para desvalorizar muchas de las afirmaciones ocultistas.

El tercero de los factores que venimos reseñando es el histórico. Al aducirlo quise llamar la atención sobre el hecho de que en el mundo del ocultismo no sucede en realidad nada nuevo, pero aparecen en él de nuevo todos aquellos signos, milagros, profecías y apariciones de espíritus que nos son relatados de antiguos tiempos y en viejos libros, y de los que creíamos habernos desembarazado ya, mucho tiempo ha, como de engendros de una desenfrenada fantasía o de una mentira tendenciosa, como de productos de una era en la que la ignorancia de los hombres era aún muy grande y en la que el espíritu científico no daba sino sus primeros pasos. Si suponemos verdadero aquello que, según las comunicaciones de los ocultistas, todavía hoy sucede, tendremos que conceder también crédito a aquellas noticias de la antigüedad. Y ahora recordamos que las tradiciones y los libros sagrados de los pueblos están llenos de tales historias milagreras y que las religiones apoyan su demanda de credibilidad precisamente en tales acontecimientos extraordinarios y maravillosos y encuentran en ellos las pruebas de la actuación de poderes sobrehumanos.

Entonces no es difícil evitar la sospecha de que el interés ocultista es, en realidad, un interés religioso y de que entre los motivos secretos del ocultismo está el de prestar auxilio a la religión, amenazada por el progreso del pensamiento científico. Y con el descubrimiento de tal motivo crece inevitablemente nuestra confianza y crece nuestra repulsión a adentrarnos en la investigación de los supuestos fenómenos ocultos.

Pero tal repulsión tiene que ser dominada. Trátase, en fin de cuentas, de una cuestión de hechos: la de si lo que los ocultistas cuentan es o no verdadero. Y esta cuestión tiene que ser decidida por medio de la observación. En el fondo debemos estar agradecidos a los ocultistas. Los relatos de milagros acaecidos en otros tiempos escapan a nuestra verificación. Si opinamos que son indemostrables, tenemos que reconocer también que no son rigurosamente rebatibles. Pero sobre lo que sucede en el presente y nos es posible presenciar sí podemos formar un juicio seguro. Si llegamos a la convicción de que hoy en día no se dan tales milagros, no temeremos ya la objeción de que, a pesar de todo, pudieron suceder en otros tiempos. Hay entonces otras explicaciones más plausibles. Prescindiremos, pues, de nuestros reparos y nos dispondremos a participar en la observación de los fenómenos ocultos.

Por desgracia, tropezamos entonces con circunstancias muy desfavorables para nuestro honrado propósito. Las observaciones de las que ha de depender nuestro juicio son efectuadas en condiciones que hacen inseguras nuestras percepciones sensoriales y embotan nuestra atención: a oscuras o con debilísima luz roja y después de largos períodos de vana espera. Se nos dice que ya nuestra actitud incrédula, y, por tanto, crítica, puede impedir la formación de los fenómenos esperados. La situación así engendrada es una verdadera caricatura de las circunstancias en las cuales solemos llevar, en general, a cabo las investigaciones científicas. Las observaciones son hechas en los llamados médiums, personas a las que se atribuyen especialísimas facultades sensitivas, pero que no se distinguen en modo alguno por sus cualidades sobresalientes de ingenio o de carácter, ni son movidos por una gran idea o por una intención seria como los antiguos autores de milagros. Muy al contrario, incluso aquellos mismos que creen en sus fuerzas secretas los tienen por gentes de poca confianza; la mayoría de ellos ha sido ya convicta de engaño, lo cual inclina a pensar que los restantes correrán antes o después la misma suerte. Sus rendimientos dan la impresión de juegos de niños o artes de prestidigitador. En las sesiones celebradas con estos médiums no se ha logrado aún nada útil; por ejemplo, el acceso a una nueva fuente de energía. Cierto es que tampoco de las artes del prestidigitador que saca palomas de su sombrero de copa se espera un mejoramiento de la cría de tales volátiles. Puedo ponerme en el caso de un hombre que quiere satisfacer la demanda de objetividad y participa en las sesiones ocultistas, pero que al cabo de cierto tiempo, cansado y repelido por la credulidad que se le exige, se aparta y vuelve, sin lograr enseñanza alguna, a sus anteriores prejuicios. A un sujeto se le puede argüir que tampoco su conducta es correcta, ya que no es lícito prescribir a los fenómenos que se quiere estudiar cómo han de ser y en qué condiciones han de surgir. Débese más bien perseverar y emplear las medidas de precaución y comprobación con las cuales se procura hoy precaver la mala fe de los médiums.

Desgraciadamente, esta moderna técnica de garantía ha puesto fin a la facilidad de acceso a las observaciones ocultistas. El estudio del ocultismo se ha convertido en una ardua especialidad, en una actividad profesional incompatible con otras. Y hasta que los investigadores a ella consagrados lleguen a una decisión, seguiremos abandonados a la duda y a nuestras suposiciones personales.

De estas suposiciones, la más verosímil es, quizá, la de que en el ocultismo se trata de un nódulo real de hechos aún no descubiertos que ha sido envuelto por el engaño y la fantasía en una maraña difícilmente penetrable. Pero,

¿cómo aproximarnos siquiera a tal nódulo? ¿Por qué lado atacar el problema? En este punto viene, a mi juicio, en nuestra ayuda el sueño, indicándonos que elijamos como punto de ataque la telepatía.

Como sabéis, llamamos telepatía al supuesto hecho de que un suceso acaecido en un momento determinado llegue simultáneamente a conocimiento de una persona alejada del lugar del suceso, y ello sin que hayan intervenido los medios de comunicación conocidos. Condición implícita es que el sueño aluda a una persona por la que la otra, la que recibe la noticia, siente un intenso interés emocional. Así, pues, por ejemplo, la persona A sufre un accidente o muerte, y la persona B, íntimamente enlazada a ella (madre, hija o amada), tiene noticia simultánea del suceso por medio de una percepción visual o auditiva; en este último caso, por tanto, como si hubiera sido advertida por teléfono, lo que, sin embargo, no ha sucedido tratándose, pues, de una contrapartida psíquica de la telegrafía sin hilos. No necesito hacer resaltar ante vosotros cuán inverosímiles son estos procesos. También resulta posible rechazar con fundamento la mayoría de estas comunicaciones; pero siempre quedan algunas en las que no se hace tan fácil. Permitidme ahora que, a los fines de la comunicación que me propongo haceros, prescinda ya de la prudente calificación de «supuesto» y continúe como si creyera en la realidad objetiva del fenómeno telepático. Pero no olvidéis que no hay tal y que no he llegado a convicción ninguna.

En puridad, lo que tengo que comunicaros es bien poco: un hecho insignificante. Y todavía quiero limitar aún más, desde un principio, vuestra expectación, diciéndoos que en el fondo el sueño tiene muy poco que ver con la telepatía. Ni la telepatía arroja nuevas luces sobre la esencia del sueño, ni el sueño testimonia directamente en pro de la realidad de la telepatía, ni tampoco el fenómeno telepático está ligado al sueño, pues puede producirse también durante la vigilia. La única razón de investigar la relación entre el sueño y la telepatía está en que el dormir parece particularmente apropiado para la recepción del mensaje telepático. Obtenemos entonces un sueño telepático, y su análisis nos demuestra que la noticia telepática ha desempeñado el mismo papel que otro resto diurno cualquiera, y ha sido, como tal, modificada por la elaboración onírica y puesta al servicio de su tendencia.

Ahora bien: en el análisis de dicho sueño telepático sucede aquello que, no obstante su insignificancia, me ha parecido suficientemente interesante para elegirlo como punto de partida de esta conferencia. Cuando en 1922 publiqué mi primera comunicación sobre este tema, disponía tan sólo de una única observación. Desde entonces he realizado otras análogas, pero aduciré aquí el primer ejemplo por ser más fácil de exponer. Voy, pues, a introduciros directamente *in media res*.

Un individuo manifiestamente inteligente y, según afirmación explícita suya, «nada inclinado al ocultismo», me escribe sobre un sueño que le parece singular. Como antecedente hace constar que una hija suya, casada y residente en lugar lejano, esperaba para mediados de diciembre su primer retoño. El sujeto quiere mucho a esta hija suya, y sabe que también ella le profesa un tierno cariño. Pues bien, en la noche del 16 al 17 de noviembre sueña que su mujer ha tenido dos gemelos. Siguen luego detalles de los que puedo prescindir aquí, y de los cuales no todos han logrado explicación. La mujer que en sueño ha tenido los gemelos es su segunda mujer, madrastra de la hija. El sujeto no desea tener descendencia de estas mujer, a la que atribuye escasas condiciones para educar hijos, y en la época del sueño hacía ya mucho tiempo que había dejado de cohabitar con ella. Lo que le ha movido a escribirme no ha sido una duda sobre la exactitud de mi teoría de los sueños, aunque en este caso la justifique el contenido onírico manifiesto, pues ¿por qué el sueño hace tener gemelos a aquella mujer, en contra de todos los deseos del sujeto? Ni tampoco el temor de ver realizado el indeseado suceso. Lo que le ha movido a darme cuenta de su sueño ha sido la circunstancia de que en las primeras horas de la mañana del día 18 de noviembre recibió la noticia telegráfica de que su hija había tenido dos gemelos. El telegrama había sido puesto el día anterior, y el parto se había desarrollado en la noche del 16 al 17 de noviembre y, aproximadamente, a la misma hora en la que el sujeto soñó que su mujer tenía dos gemelos. Mi comunicante me pregunta si creo puramente casual la coincidencia entre el sueño y el suceso. No se atreve a atribuir al sueño carácter telepático, pues la diferencia entre el contenido del sueño y el suceso corresponde, precisamente, a lo que él juzgaba esencial: a la persona de la parturienta. Pero de una de sus observaciones resulta que no le hubiera sorprendido tener un sueño verdaderamente telepático, pues opina que, en el trance de parto, su hija debió de «pensar muy especialmente en él».

Estoy seguro de que os explicáis ya este sueño y comprendéis también por qué os lo he relatado. Trátase de un hombre que está descontento de su segunda mujer; preferiría tener una esposa que fuera como la hija habida en su primer matrimonio. Lo inconsciente suprime, claro está, el «como». En esta circunstancia llega a él nocturnamente el mensaje telepático de que la hija ha tenido dos gemelos. La elaboración onírica se apodera de esta noticia, deja obrar sobre ella el deseo inconsciente que quisiera situar a la hija en lugar de la segunda mujer, y de este modo se forma el extraño sueño manifiesto que encubre el deseo y deforma el mensaje. Hemos de decir que sólo la interpretación del sueño nos ha mostrado que se trata de un sueño telepático; el psicoanálisis ha descubierto un hecho telepático que de otro modo no hubiéramos reconocido.

Pero ¡no os dejéis inducir a error! A pesar de ello, la interpretación onírica no ha dicho nada sobre la verdad objetiva del hecho telepático. Puede también ser una apariencia susceptible de explicación distinta. Es posible que las ideas latentes del sujeto fueran éstas: hoy es el día en que debe presentarse el parto si, como yo creo, mi hija se ha equivocado en un mes al calcularlo. Y su aspecto, la última vez que la vi, acusaba la posibilidad de un parto doble. Y a mi difunta mujer le gustaban mucho los niños. ¡Cuánto se hubiera alegrado si hubiera tenido dos gemelos! (Este último factor lo sitúo yo después de otras asociaciones aún no mencionadas del sujeto.) En este caso habrían sido suposiciones bien fundadas del sujeto, y no un mensaje telepático, el estímulo del sueño; el resultado seguiría siendo el mismo. Como veréis, tampoco esta interpretación onírica ha decidido en modo alguno la cuestión de si debemos o no atribuir a la telepatía realidad objetiva. Esta cuestión sólo podría ser resuelta después de una minuciosa información sobre todas las circunstancias del suceso, cosa tan imposible, por desgracia en este caso como en los demás que conozco. Reconocemos que la hipótesis de la telepatía procura, desde luego, la explicación más sencilla, pero nada adelantaremos con ello. La explicación más sencilla no es siempre la exacta; muchas veces la verdad no es nada simple, y, antes de decidirnos a una hipótesis que tan lejos puede llevarnos, queremos tomar todas las precauciones.

En este punto podemos ya abandonar el tema del sueño y la telepatía; nada más tengo que deciros sobre él. Pero observad que lo que pareció ilustrarnos algo sobre la telepatía no fue el sueño, sino su interpretación, su elaboración psicoanalítica. Así, pues, en lo que sigue podemos prescindir en absoluto del sueño, y abrigamos la esperanza de que la aplicación del psicoanálisis puede arrojar alguna luz sobre otros hechos llamados ocultos. Ahí está, por ejemplo, el fenómeno de la inducción o transmisión del pensamiento, tan próximo a la telepatía que realmente puede ser asimilado a ella sin gran esfuerzo. Supone que ciertos procesos anímicos desarrollados en una persona –representaciones, estados de excitación y voliciones– pueden transferirse a otra a través del espacio libre sin emplear los medios conocidos de comunicación a través de palabras o signos. Comprenderéis cuán singular sería, y acaso cuán importante prácticamente, si así sucediera en efecto. Dicho se de paso, es singularísimo que sea precisamente de este fenómeno del que menos hablan los antiguos relatos de hechos milagrosos.

Durante el tratamiento psicoanalítico de mis pacientes he experimentado la impresión de que la actuación de los adivinos profesionales encubre una ocasión muy propicia para realizar observaciones particularmente inobjetables sobre la transmisión del pensamiento. Tales adivinos son, por lo general, personas insignificantes, e incluso de mentalidad inferior, que con manejos distintos –echando las cartas, estudiando la escritura o las líneas de la mano o haciendo cálculos astrológicos– predicen a sus visitantes el porvenir después de haberles demostrado que conocen una parte de sus destinos presentes o pretéritos. Sus clientes se muestran, por lo general, satisfechos de su labor en este último aspecto y no les guardan luego rencor si sus predicciones no se cumplen. He conocido varios de estos casos; he podido estudiarlos analíticamente, y voy a relataros ahora el más singular de todos ellos. Desgraciadamente, la fuerza probatoria de estas comunicaciones queda considerablemente disminuida por las limitaciones que me impone el secreto profesional, obligándome a silenciar numerosos detalles. Lo que no haré será introducir deformación alguna. Oíd, pues, la historia de una de mis pacientes, protagonista de un suceso de este género con un adivino.

La sujeto era la mayor de una serie de hermanas y había profesado siempre a su padre un cariño particularmente intenso; se había casado joven y había encontrado plena satisfacción en el matrimonio. Sólo una cosa empañaba su felicidad: no había logrado hijos y, por tanto, no podía situar por completo a su marido, al que amaba tiernamente, en el lugar de su padre. Cuando después de largos años de decepciones se decidió a someterse a una operación ginecológica, el marido le confesó que la culpa de la falta de progenie era solamente de él, pues una enfermedad anterior a su matrimonio le había incapacitado para la procreación. La sujeto soportó mal esta nueva decepción, contrajo una neurosis y empezó a padecer de miedo a las tentaciones. Para distraerla, su marido la llevó a París. Hallándose un día en el *hall* del hotel, la mujer se extrañó ante las idas y venidas de la servidumbre. Preguntó qué pasaba y le dijeron que *Monsieur le professeur* acaba de llegar y recibía en consulta en un gabinete contiguo. Entonces expresó su deseo de consultarle también ella. Su marido se opuso, pero la sujeto aprovechó poco después su ausencia y se presentó en la consulta del adivino. Nuestra heroína tenía entonces veintisiete años, representaba muchos menos y se había quitado el anillo de casada. *Monsieur le professeur* le hizo apoyar la mano en una bandeja llena de ceniza, estudió cuidadosamente la impronta, le habló profusamente de grandes luchas que la esperaban y concluyó con la consoladora afirmación de que aún se casaría y tendría dos niños al cumplir los treinta y dos años. Cuando la sujeto me relataba su historia tenía cuarenta y tres años, estaba seriamente enferma y no podía abrigar la menor esperanza de lograr descendencia. Así, pues, la profecía no se había cumplido; pero la paciente no hablaba de ella con amargura, sino con una inconfundible expresión de contento, como si recordara un acontecimiento gozoso. Se veía fácilmente que no tenía la menor sospecha de lo que podían significar las dos cifras contenidas en la profecía ni siquiera de que pudieran significar algo.

Me diréis que ésta es una historia necia y sin sentido y me preguntaréis para qué os la he contado. También yo compartiría vuestra opinión si no se diera la circunstancia decisiva de que el análisis nos facilita una interpretación de la profecía del adivino que, precisamente por explicar los detalles, parece irrebatible. En efecto, las dos cifras que la profecía contiene tuvieron significación importantísima en la vida de la madre de nuestra paciente. Dicha señora se casó muy tarde, después de los treinta, y en la familia se había comentado frecuentemente la prisa que se había dado en recuperar el tiempo perdido, ya que sus dos primeros retoños –de los cuales nuestra paciente fue el primero– nacieron con el mínimo intervalo posible dentro del mismo año natural, de modo que al cumplir los treinta y dos años tenía ya realmente dos hijos. Lo que *Monsieur le professeur* hubo de decir a la sujeto fue, pues, lo siguiente: «No se apure usted. Todavía es usted muy joven. Aún puede usted tener el mismo destino que su madre, que tardó mucho en casarse y lograr descendencia, y tener dos hijos a los treinta y dos años». Pero precisamente tener el mismo destino que su madre, ponerse en su lugar, ocupar su puesto al lado del padre, había sido el deseo más vehemente de su juventud, el deseo cuyo incumplimiento empezaba a hacerla enfermar. La profecía le prometía que todavía habría de cumplirse. ¿Cómo no había de serle grata? Pero ¿creéis posible que *Monsieur le professeur* conociera las fechas de la historia familiar íntima de su casual cliente? Desde luego, no. ¿De dónde, entonces, procedían los conocimientos que le capacitaron para expresar el deseo más vehemente y secreto de la paciente incorporando a su profecía las dos cifras citadas? Sólo veo dos explicaciones posibles. O bien las cosas no pasaron verdaderamente tal como me fueron contadas, habiendo sido muy distinto su desarrollo, o bien ha de reconocerse la existencia de una transmisión del pensamiento como fenómeno real. Desde luego, cabe también la hipótesis de que, en el intervalo de los dieciséis años transcurridos entre la visita al adivino y el relato que de ella me hizo la paciente, introdujera ésta en la profecía, tomándolas de su inconsciente, las dos cifras de referencia. Carezco de todo punto de apoyo en que sustentar esta sospechas, pero no puedo excluirla, y me figuro que, por vuestra parte, estaréis más dispuestos a aceptar esta explicación que a creer en la realidad de una transmisión del pensamiento. Pero si os decidís en este último sentido, no olvidéis que ha sido el análisis lo que ha creado el hecho oculto y lo ha descubierto, estando, como estaba, deformado hasta resultar irreconocible.

Si este caso fuese *único*, no pararíamos mientes en él y seguiríamos nuestro camino encogiéndonos de hombros. A nadie puede ocurrírsele basar en una observación aislada una convicción que supone un viraje tan decisivo. Pero puede asegurar que tal unicidad no existe. En el curso de mis actividades profesionales he reunido toda una serie de tales profecías, y todas ellas me han dado la impresión de que el adivino no había hecho más que expresar los pensamientos de sus consultantes, y muy especialmente sus deseos secretos, estando así justificado analizar tales profecías como si fueran productos subjetivos, fantasías o sueños de los interesados. Naturalmente, no todos los casos entrañan igual fuerza probatoria, ni tampoco es posible excluir igualmente en todos explicaciones más relacionales; pero, en fin de cuentas, queda un considerable exceso de probabilidad en favor de una efectiva transmisión del pensamiento. La importancia del tema justificaría la comunicación de todos los casos que conozco; pero ello no es posible, tanto por la amplitud de la tarea como por los deberes del secreto profesional. Para apaciguar en lo posible mi conciencia, os relataré aún algunos ejemplos.

Un día recibo la visita de un joven inteligentísimo que, a punto de terminar su carrera, se ve en la imposibilidad de presentarse al examen de doctorado, pues, según dice, ha perdido todo interés por el estudio, toda capacidad de concentración y hasta la posibilidad de recordar ordenadamente. La prehistoria de un estado como de parálisis no tarda en salir a luz: el sujeto enfermó después de una ocasión en que hubo de vencerse a sí mismo con magno esfuerzo. Tiene una hermana a la que ha profesado siempre, como ella a él, un intensísimo, aunque bien retenido, cariño. «¡Lástima que no podamos casarnos!», se dijeron repetidamente. Un hombre digno se enamoró de la hermana, y ella correspondió a su inclinación, pero los padres se opusieron a la boda. En esta situación, la enamorada pareja pidió ayuda al hermano, el cual la otorgó generosamente. Les facilitó el intercambio de correspondencia, y su influjo logró arrancar por fin a los padres el consentimiento. Pero durante el noviazgo oficial se desarrolló un suceso casual cuya significación no es difícil adivinar. El sujeto y su futuro cuñado emprendieron una excursión por la mañana, sin llevar guía; se perdieron y corrieron peligro de no regresar sanos y salvos. Poco después de la boda de la hermana, el hermano cayó en el estado de agotamiento psíquico que le llevó a mi consulta.

Recobrada, por obra del influjo analítico, su capacidad de trabajo, abandonó el tratamiento para presentarse a exámenes; pero una vez terminados éstos con pleno éxito, volvió, en el otoño del mismo año, y ya por breve tiempo, a mi consulta, relatándome entonces un singular suceso que le había acontecido antes del verano. En la ciudad donde radicaba la universidad en que había hecho sus estudios había una adivina que gozaba de extensa clientela. Hasta los príncipes de la casa reinante solían consultarla antes de toda empresa importante. Su procedimiento era harto sencillo. Se hacía comunicar la fecha del nacimiento de una persona, sin exigir dato ninguno distinto sobre ella, ni siquiera su nombre; consultaba libros de astrólogos, hacía largos cálculos y emitía así una profecía de los destinos de la misma. Mi paciente decidió acudir a sus artes secretas para averiguar los destinos de su cuñado. Fue a visitarla y le dio la fecha del nacimiento requerida. La adivina hizo sus cálculos y formuló la profecía siguiente: «Esta persona moriría en julio o agosto de este mismo año a consecuencia de una intoxicación, producida por haber comido ostras o cangrejos en malas condiciones». Mi paciente terminó luego su relato con una exclamación: «¡Fue magnífico!».

Yo le había oído a disgusto desde un principio. Después de la exclamación, me permití preguntarle: «¿Qué es lo que encuentra usted magnífico en la profecía? Estamos a finales de otoño, y su cuñado no ha muerto, pues ya me lo hubiera dicho usted. Por tanto, la predicción no se ha cumplido». Cierto que no –arguyó el sujeto–, pero lo singular era lo siguiente: a su cuñado le gustaban con delirio los cangrejos y las ostras, y el verano anterior –o sea *antes* de la consulta a la adivina– había estado a la muerte por haber comido ostras en malas condiciones. ¿Qué podía yo decir a esto? No cabía más que extrañar con disgusto que aquel hombre tan cultivado, y que tenía, además, detrás de sí un análisis plenamente afortunado, no penetrara mejor el verdadero estado de cosas. Por mi parte, antes de creer en la posibilidad de predecir por medio de cálculos astrológicos una intoxicación de ostras o cangrejos, prefiero suponer que mi paciente no había dominado aún el odio a su rival, odio que había sido la causa directa de su enfermedad, y que la adivina no había hecho más que expresar su propia esperanza de que las aficiones gastronómicas de su cuñado le llevaran algún día a la muerte. Confieso que no encuentro ninguna otra explicación para este caso, salvo la de que el paciente haya querido gastarme una broma. Pero nunca, ni entonces ni después, me ha dado pie para tal sospecha, y parecía hablar siempre con plena seriedad.

Otro caso: un joven de posición distinguida mantiene con una mundana relaciones íntimas, en las que se le impone una singular obsesión. De tiempo en tiempo tiene que ofender a su amante con frases de burla y desprecio, hasta desesperarla. Una vez conseguido esto, se apacigua, y reconcilia con ella y le hace un buen regalo. Mas ahora quisiera libertarse de ella; la obsesión que le domina empieza a inquietarle; advierte que aquellas relaciones empañan su renombre; quiere casarse y fundar una familia. Y como por sus propias fuerzas no logra libertarse de su amante, acude al análisis en demanda de auxilio. Iniciado ya el análisis, y después de una de aquellas escenas de insultos y burlas, hace que su amante le escriba unas líneas en una tarjetita y las somete a un grafólogo, el cual formula el dictamen siguiente: «La escritura es la de una persona que ha llegado al límite de la desesperación. Seguramente, se suicidará un día de éstos». No fue así, y la interesada siguió con vida; pero el análisis logró aflojar los lazos con los que aprisionaba a nuestro sujeto, el cual rompió con ella y se dedicó a una muchacha, de la que esperaba había de ser una buena esposa para él. Pero poco después tuvo un sueño, que sólo podía ser interpretado como un comienzo de duda sobre las condiciones de aquella muchacha. El sujeto sometió entonces unas líneas de su escritura al mismo grafólogo, y obtuvo un dictamen que confirmó sus preocupaciones y le hizo abandonar la idea de hacerla su mujer.

Para mejor estimar los dictámenes del grafólogo, sobre todo el primero, tenemos que saber algunos detalles de la historia íntima de nuestro héroe. En su adolescencia se había enamorado locamente, como correspondía a su apasionada naturaleza, de una mujer casada, joven también, pero mayor que él. Rechazado por ella, llevó a cabo un intento de suicidio, intento de cuya seriedad no podía dudarse. Estuvo a la muerte, y sólo a fuerza de tiempo y cuidados logró reponerse. Pero aquella loca acción causó profunda impresión en la mujer amada, moviéndola a concederle sus favores. Sus relaciones amorosas permanecieron secretas, y el sujeto observó en ellas la más rendida y caballerosa conducta. Al cabo de más de viente años, maduros ambos ya, y naturalmente ella más que él, despertó en nuestro héroe la necesidad de desligarse de aquellos amores, vivir ya para sí mismo y fundar un hogar y una familia. Y al mismo tiempo que esta saciedad, emergió en él la necesidad, durante largo tiempo reprimida, de vengarse de su amada. Si una vez había él querido matarse porque ella le había despreciado, ahora quería darse el gusto de que ella buscara la muerte por haberla abandonado él. Pero su amor era aún demasiado intenso para que tal deseo pudiera hacérsele consciente y, por otro lado, no estaba en situación de hacerle todo el mal necesario para moverla a buscar la muerte. En este estado de ánimo, entabló relaciones con otra mujer, con la mundana ya mencionada, tomándola en cierto modo como víctima para satisfacer *in corpore vili* su sed de venganza, y se permitió con ella todas las torturas de las que podía esperar el resultado al que deseaba reducir a la mujer amada. Que la venganza se dirigía, en realidad, contra esta última se nos delata en la circunstancia de que la escogiera como confidente y consejera de sus nuevos amoríos, en vez de ocultarle su traición. La pobre mujer, que desde hacía tiempo ya había descendido de ser la parte que todo lo da a ser la que todo lo recibe, sufría, probablemente, con sus confidencias más que la mundana bajo su brutalidad. La obsesión que el sujeto alegaba sufrir al lado de la persona sustitutiva y que le movió a someterse al análisis se había transferido, naturalmente, a su nueva querida desde su antigua amada; de esta última era de la que ansiaba y no podía libertarse. No soy grafólogo, y no creo grandemente en el arte de adivinar el carácter de la escritura, pero mucho menos en la posibilidad de predecir por este medio el porvenir. Mas cualquiera que sea la opinión que se tenga respecto de la grafología, habréis visto que es indudable que el grafólogo, cuando dictaminó que el autor de las líneas examinadas se suicidaría en breve, no hizo de nuevo más que extraer a la luz un intenso deseo secreto de la persona que le consultaba. Algo análogo sucedió también luego en el segundo dictamen, sólo que en éste lo que encontró clara expresión por boca del grafólogo no fue un deseo secreto, sino las dudas y preocupaciones que surgían en su cliente. Por lo demás, mi paciente, con ayuda del análisis, consiguió hacer una elección amorosa fuera del círculo mágico en el que había caído prisionero.

Ya habéis oído lo que la interpretación de los sueños y el psicoanálisis aportan al esclarecimiento del ocultismo. Habéis visto en los ejemplos aducidos cómo su aplicación aclara hechos ocultos que de otro modo hubieran permanecido incognoscibles. La cuestión que seguramente os interesa más, la de si puede creerse en la realidad objetiva de estos hechos, el psicoanálisis no puede resolverla directamente; mas el material extraído a la luz con su ayuda produce, por lo menos, una impresión favorable a la afirmativa. Pero vuestro interés no se satisfará sólo con esto. Querréis saber qué conclusiones justifican aquel otro material, mucho más abundante, en el que el psicoanálisis no participa. Pero no puedo seguiros en tal terreno, que ya no está en mis dominios. Lo único que aún puedo hacer sería comunicaros observaciones que, por lo menos, tienen con el análisis la relación de haber sido hechas durante el tratamiento analítico, siendo, quizá, también su influjo lo que las hizo posibles. Os comunicaré un ejemplo de este género, aquél que más intensa impresión hubo de causarme; seré extenso y solicitaré vuestra atención para toda una serie de detalles; mas, a pesar de todo, tendré que silenciar muchas cosas que hubieran incrementado en gran medida la fuerza convincente de la observación. Es un ejemplo en el que los hechos se transparentan claramente, sin que el análisis tenga que intervenir para la revelación. En su discusión precisaremos, sin embargo, del análisis como elemento auxiliar. Pero he de advertiros de antemano que tampoco este ejemplo de transmisión del pensamiento en la situación analítica aparece libre de toda sospecha ni permite tomar incondicionalmente partido en favor de la realidad del fenómeno oculto.

Oídme, pues: una mañana de otoño de 1919, hacia las once menos cuarto, en ocasión de hallarme yo tratando a uno de mis pacientes, me pasaron la tarjeta del doctor David Forsyth, recién llegado de Londres (mi distinguido colega de la London University no tomará, seguramente, a indiscreción que yo revele así cómo permaneció a mi lado varios meses, haciéndose iniciar por mí en las artes de la técnica psicoanalítica). De momento no puedo hacer más que salir a saludarle y darle hora para más tarde. Su visita me interesaba grandemente; era el primer extranjero que venía a mí una vez terminado el bloqueo de los años de guerra, término que debía iniciar tiempos mejores. Poco después de su visita, hacia las once, llegó uno de mis pacientes, el señor P., hombre muy inteligente y amable, entre los cuarenta y los cincuenta años, que había acudido a mi consulta en busca de curación de ciertos trastornos de su relación personal con la mujer. Su caso no prometía éxito alguno terapéutico: en consecuencia, hacía ya tiempo que yo le había propuesto suspender el tratamiento; pero él había querido continuarlo, seguramente porque se sentía a gusto en una templada transferencia afectiva hacia mí, como sustituto del padre. El dinero no desempeñaba por entonces papel ninguno, pues nadie lo tenía; las horas que con él empleaba eran también para mí estímulo y descanso, y de este modo, infringiendo las reglas de la actividad médica, continuamos la labor analítica hasta una meta predeterminada.

Aquel día, P. volvió a hablarme de sus tentativas de reanudar sus relaciones eróticas con las mujeres, y mencionó de nuevo a una muchacha bonitísima, interesante y pobre, con la cual hubiera logrado pleno éxito amoroso si la circunstancia de ser ella virgen no le hubiera atemorizado, disuadiéndole de toda pretensión seria. Ya en otras ocasiones me había hablado de ella; pero aquel día me contó algo que hasta entonces no había mencionado, a saber: que la muchacha, la cual ignoraba, naturalmente, los verdaderos motivos de su abstención, le había puesto de mote *Don Prudencio (Herr von Vorsicht)*. Esta comunicación me intrigó sobremanera; tenía aún a mano la tarjeta del doctor Forsyth y se la mostré al paciente.

Éstos son los hechos; a primera vista os parecerán, sin duda, insignificantes; pero vais a oír todo lo que detrás de ellos se esconde.

P. había pasado en Inglaterra varios años de su juventud, y de entonces conservaba un verdadero interés por la literatura inglesa. Poseía una nutrida biblioteca inglesa, de la que solía prestarme libros, debiéndole yo así mi conocimiento con autores como Bennet y Galsworthy, de los que antes sólo había leído muy poco. Un día me prestó una novela de Galsworthy, titulada *The man of property*, que se desarrolla en el seno de una familia imaginada por el autor y apellidada *Forsyte*. El propio Galsworthy ha debido de sentir embargado su interés por esta creación suya, pues ha hecho personajes de otras narraciones suyas a miembros de la misma familia y ha reunido luego todas ellas bajo el nombre común de *The Forsyte Saga.* Pocos días antes del suceso aquí relatado me había traído P. otro volumen de esta serie. El nombre *Forsyte* y todo lo típico que el autor quería encarnar en él habían desempeñado también un papel en mis conversaciones con P. y había pasado a ser una parte de aquel lenguaje secreto que tan fácilmente se desarrolla entre personas en trato constante. Ahora bien: el apellido *Forsyte* que da el título a la citada serie de novelas es muy parecido al de mi visitante el doctor *Forsyth;* un alemán los pronunciará casi idénticamente; y otra palabra inglesa, plena de sentido, a la que también daríamos los alemanes idéntica pronunciación, sería la de *foresight,* que quiere decir previsión *(Voraussicht)* o prudencia *(Vorsicht).* Así, pues, P. había extraído de sus relaciones personales el mismo nombre que en aquellos mismos momentos y por una circunstancia que él ignoraba en absoluto ocupaba mis pensamientos.

Esto ya parece otra cosa, ¿no es cierto? Pero creo que lograremos una impresión más intensa del singular fenómeno, e incluso algo como un atisbo de las condiciones de su génesis, si examinamos analíticamente otras dos asociaciones que P. comunicó en aquella misma ocasión.

Primera: un día de la semana anterior, después de haber esperado en vano a P. a la hora de costumbre, salí para hacer una visita al doctor Anton von Freund en la pensión en que habitaba. Me sorprendió comprobar que el señor P. vivía en otro piso de la misma casa. Refiriéndome a ello, dije después a P. que aquel día, en vista de que no había venido él a verme, había ido yo, aunque sin saberlo, a su casa. Pero estoy seguro de no haber mencionado el nombre de la persona a la que realmente había ido yo a visitar a aquella casa. Y entonces, poco después de haber hecho mención del mote de *Don Prudencio (Herr von Vorsicht)* que le aplicaba la muchacha de su historia, me dirigió la pregunta siguiente: «La señorita *Freund* Ottorego, que profesa un curso de inglés en la Universidad Popular, ¿es quizá hija de usted?». Y por vez primera en nuestras largas relaciones hizo sufrir a mi nombre aquella deformación a la que estoy ya múltiplemente habituado: *Freund* en lugar de *Freud.*

Segunda: al término de la misma sesión me relata un sueño del que despertó presa de angustia, una verdadera pesadilla, según él, añadiendo que había olvidado hacía ya mucho tiempo cuál era la palabra inglesa correspondiente, hasta el punto de haber dicho en una ocasión que la traducción inglesa de «una pesadilla» era *a mare's nest.* Lo cual era, naturalmente, un disparate, pues *a mare's nest* quería decir «un cuento increíble», y la verdadera traducción de «pesadilla» era *night-mare.* Esta ocurrencia me parece no tener con la anterior más que un elemento común: el idioma inglés; pero a mí, personalmente, tiene que recordarme un pequeño suceso acaecido hacía cosa de un mes. P. estaba conmigo en mi despacho cuando inopinadamente entró otro grato visitante de Londres, el doctor Ernest Jones, al que yo no había visto en mucho tiempo. Indiqué a Jones que pasara a una habitación contigua hasta que yo terminara con P. Pero éste le identificó enseguida por una fotografía suya que había visto en mi salón de espera, e incluso expresó su deseo de ser presentado a él. Ahora bien, Jones es autor de una monografía sobre la pesadilla *(night-mare);* aunque no sé si P. la conocía, pues evitaba leer libros analíticos.

Quisiera investigar primero ante vosotros qué comprensión analítica podemos lograr de la relación de las ocurrencias de P. y de su motivación. La actitud interior de P. ante el nombre Forsyte o Forsyth era semejante a la mía; tal nombre significaba para él lo mismo que para mí, y a él debía yo haber llegado a conocerlo. El hecho singular era que P. hubiese pronunciado espontáneamente tal nombre en el análisis sólo momentos después que un nuevo suceso, la llegada del médico londinense, lo hubiera hecho significativo para mí en muy otro sentido. Pero quizá no menos interesante que el hecho mismo es la manera en que el nombre surgió durante la sesión de análisis. P. no dijo acaso: «Ahora se me viene a las mientes el nombre Forsyte de las novelas que usted conoce», sino que, sin relación consciente alguna con tal fuente, supo entretejerlo con sus propias vivencias y lo hizo surgir de entre ellas, cosa que hubiera podido suceder hacía ya mucho tiempo y que no sucedió hasta entonces. Pero luego dijo: «También yo soy un Forsyte; la muchacha de que hemos hablado me llama así.» Es difícil no advertir la mezcla de pretensiones celosas y melancólico rebajamiento de sí mismo que se crea una expresión en esta manifestación. No erraremos contemplándola como sigue: «Me disgusta que sus pensamientos se ocupen tan intensamente de ese recién llegado. Vuelva usted a mí; también yo soy un Forsyth –aunque sólo un *Herr von Vorsicht (Don Prudencio)*, como la muchacha me llama.» Y en este punto, su proceso mental, siguiendo el hilo asociativo del elemento «inglés», retrocede hasta dos ocasiones anteriores, que pudieron provocar iguales celos. «Hace algunos días estuvo usted en la casa en que vivo; pero, desgraciadamente, no a verme a mí, sino a un tal señor Von *Freund*.» Esta idea le lleva a transformar el nombre de

Freud en *Freund.* La señorita Freund Ottorego, cuyo nombre figura en la lista de cursos de Universidad Popular, interviene, por cuanto, como profesora de inglés, facilita la asociación manifiesta. Y luego se añade el recuerdo de otro visitante, llegado unas semanas antes, del que también había sentido ciertamente celos; pero al que tampoco podía compararse, pues el doctor Jones había sabido escribir un estudio sobre la pesadilla, mientras que él lo más que había hecho era tener tal clase de sueños. También la mención de su error, en cuanto al significado de *a mare's nest,* pertenece al mismo contexto; quiere decir: «No soy un inglés verdadero, lo mismo que tampoco soy un verdadero *Forsyth*».

Por mi parte, no puedo tachar de exagerados ni de incomprensibles sus impulsos de celos. Sabía que su análisis, y con él nuestro trato regular, había de cesar en cuanto comenzaran a llegar a Viena pacientes y alumnos míos extranjeros, y así sucedió en realidad poco después. Pero lo que hasta ahora hemos llevado a cabo es un fragmento de labor analítica; la explicación de tres ocurrencias producidas dentro de una misma hora, y alimentadas por el mismo motivo, poco tiene que ver con la otra cuestión de si tales ocurrencias son derivables o no, sin transmisión del pensamiento. Esta última se presenta en cada una de las tres ocurrencias, dividiéndose con ello en tres distintas interrogaciones. ¿Podía P. saber que el doctor Forsyth acababa de hacerme su primera visita? ¿Podía saber cuál era el nombre de la persona a la que yo había visitado en su casa? ¿Sabía que el doctor Jones había escrito un estudio sobre la pesadilla? ¿O fue tan sólo mi conocimiento de estos hechos el que se debatió en sus ocurrencias?

De las respuestas a estas preguntas dependerá que mi observación permita una conclusión favorable a la transmisión del pensamiento. Dejemos aparte, por un momento, la primera interrogación, ya que las otras dos son más fáciles de tratar. El caso de la visita a la pensión produce, a primera vista, una impresión particularmente segura. Estoy cierto de que al mencionarle brevemente, y en broma, mi visita a la casa en que él habitaba no cité ningún nombre; creo harto inverosímil que P. se informara en la pensión del nombre de la persona a quien yo había visitado, y me inclino más bien a suponer que la existencia de tal persona le es absolutamente desconocida. Pero la fuerza probatoria de este caso queda totalmente destruida por una casualidad. La persona a quien yo había visitado en la pensión no sólo se llama *Freund* (amigo), sino que era para todos nosotros un verdadero amigo (Freund). Él fue quien nos procuró generosamente los medios necesarios para la fundación de nuestra editorial. Su prematura muerte y la de nuestro Karl Abraham, unos años después, han sido las dos mayores desgracias que han pesado sobre el desarrollo del psicoanálisis. Así, pues, en la ocasión discutida pude muy bien haber dicho a P.: «He estado en la casa en que usted habita para ver a *un amigo* (Freund)», y esta posibilidad despoja de todo interés ocultista su segunda asociación.

También la impresión de su tercera ocurrencia se desvanece pronto. ¿Podía P. saber que Jones había publicado un estudio sobre la pesadilla, siendo así que tenía por principio no leer obras analíticas? Sí, podía saberlo. Poseía libros de nuestra casa editorial, y podía haber leído los títulos de las nuevas publicaciones, anunciadas en la cubierta. No es cosa demostrable, pero tampoco puede rechazarse en absoluto. Por este camino no llegaremos, pues, a conclusión alguna. He de lamentar que mi observación adolezca del mismo defecto que tantas otras análogas. Ha sido sentada por escrito demasiado tarde, y de este modo ha sido discutida cuando yo no veía ya al señor P. ni podía hacerle nuevas preguntas.

Volvamos, pues, al primer suceso, que, aun aislado, mantiene en pie el hecho aparente de la transmisión del pensamiento. ¿Podía P. saber que el doctor Forsyth había estado en mi casa un cuarto de hora antes que él llegara? ¿Podía conocer, en general, su existencia o su presencia en Viena? No debemos ceder a nuestra inclinación a negar rotundamente ambas preguntas. Por mi parte, veo un camino que puede conducirnos a una afirmación parcial. Yo podía muy bien haber dicho anteriormente a P. que esperaba a un médico inglés que, una vez terminado el bloqueo de la guerra mundial, acudía a iniciarse en la técnica analítica –primera paloma después del diluvio–. Y podía habérselo dicho en el verano de 1919, pues el doctor Forsyth me había escrito por entonces anunciándome su venida. Incluso es posible que citara su nombre, aunque no lo creo, pues dada la significación que dicho nombre había adquirido para nosotros dos, habríamos enlazado una conversación de la que algo me hubiera quedado en la memoria. De todos modos, no es imposible que tal conversación se desarrollara realmente y luego la olvidara yo por completo, de manera que la emergencia del *Herr von Vorsicht* en el análisis me sorprendiera como un milagro. Cuando se tiene uno por un escéptico, es bueno dudar también alguna vez de su escepticismo. Quizá late también en mí aquella inclinación secreta a lo maravilloso que tanto favorece al nacimiento de hechos ocultistas.

Desembarazado así nuestro camino de buena parte de lo maravilloso, nos queda aún otra parte, y la más difícil. Admitiendo que P. conocía la existencia de un señor Forsyth y que se le esperaba en Viena al otoño siguiente,

¿cómo se explica que pensara en él precisamente el día de su llegada e inmediatamente después de su primera visita? Puede achacarse a una casualidad, lo cual equivale a dejarlo inexplicado; pero me he tomado el trabajo de examinar y discutir las dos otras ocurrencias de P. precisamente para excluir la idea de casualidad, para mostraros que P. sentía realmente celos de las personas que me visitaban o a las que visitaba yo, o también es posible, para no desatender la posibilidad más extrema, arriesgar la hipótesis de que P. había advertido en mí una excitación especial, y había deducido de ella sus conclusiones. O que P., llegado a mi casa un cuarto de hora después que el inglés, se había cruzado con él en su camino, le había reconocido en su aspecto, típicamente británico, y movido por su celosa expectación, había pensado: «Ya tenemos aquí al doctor Forsyth, cuya llegada viene a poner término a mi análisis. Y seguramente viene de casa del profesor Freud». No creo posible llevar más allá nuestras suposiciones. Las cosas quedan de nuevo en un *non liquet;* pero debo reconocer que, en mi sentir, la balanza se inclina también en estas ocasión en favor de la transmisión del pensamiento. Por lo demás, no soy seguramente el único a quien ha sido dado vivir en la situación analítica tales sucesos «ocultos». Helene Deutsch, en 1926, ha publicado observaciones análogas, estudiando su condicionalidad con las relaciones de la transferencia entre el paciente y el analítico.

Tengo la seguridad de que mi actitud ante este problema –no del todo convencido, y, sin embargo, dispuesto a convencerme– no ha de satisfaceros. Quizá os digáis: es el caso corriente de que un hombre, que ha trabajado honradamente como investigador de ciencias naturales durante toda su vida, al llegar a viejo la debilitación mental le hace piadoso y crédulo. Sé que en esta serie pueden incluirse muchos grandes nombres, pero no justamente el mío. Por lo menos, no me he hecho piadoso, y creo que tampoco crédulo. Sólo que cuando uno se ha doblegado toda su vida para evitar el doloroso choque con los hechos, se conserva también en la vejez el pliegue que le hace doblegarse ante nuevos hechos. Preferiríais, seguramente, que me mantuviera fiel a un moderado deísmo y me mostrase implacable en la repulsa de todo lo oculto. Pero soy incapaz de mendigar el favor de nadie, y tengo que invitaros a acoger más favorablemente la posibilidad de la transmisión del pensamiento, y con ella también la de la telepatía.

No debéis olvidar que sólo he tratado aquí estos problemas en cuanto es posible aproximarse a ellos desde el psicoanálisis. Cuando, hace ya más de diez años, surgieron por vez primera en mi campo visual, sentí también el miedo a una amenaza contra nuestra concepción científica del Universo, la cual, si el ocultismo se probaba, tendría que ceder su puesto al espiritismo o a la mística. Hoy pienso ya de otro modo; opino que no testimonia gran confianza en la ciencia no creerla capaz de acoger y elaborar lo que de las afirmaciones ocultistas pueda demostrarse como verdadero. Y por lo que se refiere particularmente a la transmisión del pensamiento, parece favorecer precisamente la extensión del pensamiento científico –sus adversarios dicen mecanista– a lo espiritual, tan difícilmente aprehensible. El proceso telepático consistiría en que un acto psíquico de una persona estimula en otra el mismo acto psíquico. Lo que entre ambos actos anímicos existe puede ser muy bien un proceso físico, en el cual se transforma lo psíquico en un extremo, y que en el otro extremo vuelve a transformarse en lo psíquico. La analogía con otras transformaciones, tales como la fonación y la audición en la comunicación telefónica, sería entonces innegable. ¡Y pensad lo que sucedería si nos fuese dado aprehender tal equivalente físico del acto psíquico! Quiero hacer constar que con la interpolación de lo inconsciente entre lo físico y lo hasta entonces llamado psíquico, el psicoanálisis nos ha preparado para la aceptación de procesos tales como la telepatía. Si empezamos por acostumbrarnos a la idea de la telepatía, podemos edificar mucho sobre ella, si bien, por lo pronto, sólo con la fantasía. Como es sabido, se ignora cómo se establece en los estados de insectos la voluntad colectiva. Posiblemente, por una transferencia psíquica directa. Llegamos a la sospecha de que no fue otro el medio original arcaico de inteligencia entre los individuos; medio que luego, en el curso de la evolución filogénica, es desplazado por el método mejor de la comunicación con ayuda de signos recibidos por los órganos de los sentidos. Pero el método primitivo podría conservarse en último término y hacerse efectivo aún en determinadas condiciones; por ejemplo, en las masas apasionadamente agitadas. Todo esto es aún muy inseguro y está lleno de enigmas no resueltos, pero no tiene por qué asustarnos.

Si la telepatía existe como proceso real, podemos suponer, a pesar de su difícil demostración, que es un fenómeno muy frecuente. Correspondería a nuestras esperanzas poder mostrarla precisamente en la vida anímica del niño.

Recordemos la frecuente representación temerosa de los niños de que sus padres conocen todos sus pensamientos sin que ellos se los hayan comunicado; pareja perfecta y quizá fuente de la creencia de los adultos en la omnisciencia de Dios. No hace mucho, una mujer, merecedora de todo crédito, Dorothy Burlingham, ha comunicado en un estudio, titulado *El análisis infantil y la madre,* observaciones que, de ser comprobadas, desvanecerían las dudas que aún pesan sobre la realidad de la transmisión del pensamiento. Aprovechó la situación, nada rara ya, de hallarse sometidos simultáneamente al análisis la madre y el hijo, y comunica hechos tan singulares como el siguiente: «Un día, en la sesión de análisis, la madre habló de una moneda de oro, que había desempeñado en las escenas de su vida infantil determinado papel. Inmediatamente después, al volver a su casa, su hijo, un niño de diez años, entra en su cuarto y le entrega una moneda de oro para que se la guarde. Asombrada, le pregunta de dónde tiene aquella moneda. Se la regalaron –explica el niño– el día de su cumpleaños. Pero desde tal día habían pasado ya muchos meses, y ahora no había sucedido nada que pudiera haberle recordado precisamente la moneda». La madre puso en conocimiento de la analítica la singular coincidencia, pidiéndole que investigara en el niño los motivos de aquella acción. Pero el análisis del niño no procuró explicación ninguna. El acto mencionado se había incrustado aquel día como un cuerpo extraño en la vida del niño. Semanas después, hallándose la madre dedicada a sentar por escrito, según le había sido recomendado en el análisis, el suceso de referencia, la interrumpió el niño, pidiéndole que le devolviese la moneda, pues quería llevársela para mostrarla en la sesión de análisis, sin que tampoco fuera posible hallar la motivación de tal deseo.

Y con esto habremos retornado al psicoanálisis, del cual habíamos partido.

Notas

Los límites de la interpretabilidad de los sueños

1. Véase «Observaciones sobre la teoría y la práctica de la interpretación onírica» en las págs. 87-103 de este mismo volumen.

La significación ocultista del sueño

1. Véase *Paranoia y neurosis obsesiva,* Alianza Editorial, Madrid, 2002 (1971).

Un sueño como testimonio

1. Aquí he incurrido en una condensación del material, que pude corregir al revisar mis anotaciones junto con la paciente que me refiere el sueño. La enfermera aparecida en el puente no había cometido ninguna falta en su trabajo, siendo despedida porque la madre del niño, obligada a emprender viaje, declaró que durante su ausencia quería confiar su hijo al cuidado de una persona de mayor edad, es decir, en efecto, una de más confianza. A este elemento se agregaba una segunda narración de otra enfermera que realmente había sido despedida por un descuido, pero no se había suicidado por ello. El material necesario para la interpretación del elemento onírico se encuentra aquí,

como en muchas otras ocasiones, repartido en dos fuentes. Mi memoria realizó en este caso la síntesis que conduce a la interpretación. Por otra parte, en la narración de la enfermera suicida se encuentra el elemento de la madre que parte de viaje, vinculado por mi paciente a la partida de su marido. Como vemos, se trata de una sobredeterminación que menoscaba la elegancia de la interpretación.

2. Por otra parte, pocos días después, la enfermera confesó a una tercera persona que realmente se había dormido aquella tarde, confirmando así la interpretación de mi paciente.
3. «La realización de deseos», en *La interpretación de los sueños,* Alianza Editorial, Madrid, 2004 (1966).
4. La sustitución tiene más realce en alemán: la enfermera trueca a su paciente *(Pflegekind)* por un hijo *(Kind). (N. del T.)*

Sueños con temas de cuentos infantiles

1. Salvo el detalle de los pelos cortados, pues el suegro lleva el cabello largo.
2. Como se sabe, la madera es un frecuente símbolo femenino materno (materia, Madeira, etc.).
3. Mesa y cama representan, en efecto, el matrimonio.
4. «Historia de una neurosis infantil», en *Sexualidad infantil y neurosis,* Alianza Editorial, Madrid, 2004 (1972).
5. Confróntese la analogía de estos dos cuentos con el mito de Cronos, señalada por O. Rank: «Völkerpsychologische Parallelen zu den infantilen Sexualtheorien» («Paralelos etnológicos de las teorías sexuales infantiles»), *Zentralblatt für Psychoanalyse,* vol. II, 1912.

Complementos a la teoría onírica

1. En *Psicología de las masas,* Alianza Editorial, Madrid, 2003 (1969).

El sueño y la telepatía

1. Este sueño es, sin duda, el mismo que ha sido expuesto más detalladamente en *La interpretación de los sueños,* Alianza Editorial, Madrid, 2004 (1966). *(N. del T.)*

2. Dos obras del ya citado autor, W. Stekel: *Der telepathische Traum* («El sueño telepático»), Berlín, sin fecha, y *Die Sprache des Traumes* («El lenguaje del sueño»), 2.ª ed., 1922, presentan al menos un intento de aplicar la técnica analítica a sueños pretendidamente telepáticos. El autor profesa su creencia en la realidad de la telepatía.
3. En *Paranoia y neurosis obsesiva,* Alianza Editorial, Madrid, 2002 (1971).

Observaciones sobre la teoría y la práctica de la interpretación onírica

1. «Novela por entregas.» En inglés en el original. *(N. del T.)*
2. Alianza Editorial, Madrid, 2004 (1967).
3. En *Psicología de las masas,* Alianza Editorial, Madrid, 2003 (1969).
4. En *Sexualidad infantil y neurosis,* Alianza Editorial, Madrid, 2004 (1972).

Carta a Maxim Leroy sobre un sueño de Descartes

1. En su libro –*Descartes, le Philosophe au Masque,* Les Éditions Rieder, París, 1929– Leroy describe así el sueño de Descartes (tomo I, cap. VI: «Los sueños de una noche de Suabia»):
«Entonces, en la noche, cuando todo es fiebre, tormenta, pánico, fantasmas se levantan ante el soñante. Éste trata de incorporarse para ahuyentarlos. Pero vuelve a caer, avergonzado de sí mismo, sintiendo una gran debilidad que lo incomoda en el costado derecho. Bruscamente ábrese una ventana de su habitación. Presa de espanto, se siente transportado por las ráfagas de un viento impetuoso que lo hace voltear varias veces sobre el pie izquierdo.
»Arrastrándose y vacilando, llega ante los edificios del colegio en el cual ha sido educado. Intenta realizar un esfuerzo desesperado para entrar en la capilla, a fin de cumplir allí sus devociones. En ese momento pasan algunas personas. Quiere detenerse, hablarles; observa que una de ellas lleva un melón. Pero un viento violento lo arroja nuevamente a la capilla.
»Abre entonces los ojos, atormentado por un fuerte dolor en el costado izquierdo. No sabe si sueña o si está despierto. Despierto a medias, se dice que un genio malévolo ha querido seducirlo, y murmura alguna plegaria para exorcizarlo.

»Vuelve a dormirse. Un repentino trueno lo despierta, llenando su habitación de chispas. Se pregunta una vez más si duerme o si está despierto, si es un sueño o una fantasía, abriendo y cerrando los ojos para llegar a una certeza; luego, tranquilizado, vuelve a dormirse dominado por la fatiga.

»El cerebro en fuego, excitado por esos rumores y esos sordos dolores. Descartes abre un diccionario, luego una antología de poesías. Este caminador intrépido *[sic]* sueña sobre el siguiente verso: *Quod vitae sectabor iter?* ("¿Otra vez un viaje al país de los sueños?") Entonces, de pronto, llega un hombre que él no conoce y que pretende hacerle leer una pieza de Ausonio que comienza con estas palabras: *Est et non.* Pero el hombre desaparece y llega otro. El libro se desvanece a su vez; luego vuelve adornado con retratos grabados en cobre. La noche, por fin, transcurre en calma».

2. En alemán en el original francés.
3. Los pasajes de Leroy relativos a la interpretación de Descartes son los siguientes *(loc. cit.*, pág. 85 y sigs.):

«Juzgó que el *diccionario* no quería decir otra cosa sino todas las ciencias reunidas en conjunto, y que la antología de poesías titulada *Corpus Poetarum* señalaba en particular, y de manera más destacada, la filosofía y la sabiduría reunidas... Monsieur Descartes, continuando la interpretación de su sueño mientras dormía, estimaba que la pieza en verso sobre la incertidumbre acerca del género de vida que se debe elegir, y que comienza con *Quod vitae sectabor iter?*, señalaba el buen consejo de una persona sabia, o hasta la teología moral...

»En los poetas reunidos en la antología veía la revelación y el entusiasmo, con los cuales nunca desesperaba de verse favorecido. La pieza en verso *Est et Non*, que es el *Sí* y el *No* de Pitágoras, parecíale la verdad y la falsedad en los conocimientos humanos y en las ciencias profanas. Viendo que la aplicación de todas estas cosas se adaptaba tan bien a su gusto, tuvo la osadía de persuadirse de que era el espíritu de la verdad el que había querido abrirle, por medio de ese sueño, los tesoros de todas las ciencias. Y como no le quedaba nada que explicar, salvo los pequeños retratos grabados en cobre que había encontrado en el segundo libro, no buscó más su explicación después de la visita que un pintor italiano le hizo al día siguiente.

»Este último sueño, en el que todo había sido muy dulce y agradable, le señalaba, según él, su porvenir, y sólo debía representarle lo que le ocurriría en el resto de su vida. Los dos precedentes, en cambio, los interpretaba como advertencias amenazantes en cuanto a su vida pasada, que no podía haber sido tan inocente ante Dios como lo había sido ante los hombres. Y creía que ésa era la razón del terror y del pánico que acompañaron a esos dos sueños. El melón que querían regalarle en el primer sueño significaba, a su juicio, los encantos de la soledad, pero representados por solicitaciones puramente humanas. El viento que lo empujaba hacia la iglesia del colegio, cuando sentía el dolor en el costado izquierdo, no era otra cosa sino el genio malévolo que trataba de arrojarlo por la fuerza en un lugar al cual él tenía la intención de entrar voluntariamente. He aquí por qué Dios no permitió que avanzara más lejos, dejándose arrastrar a un lugar santo por un espíritu que Dios no le había enviado; aunque estaba totalmente persuadido de que había sido el espíritu de Dios el que le había hecho dar los primeros pasos hacia esa iglesia. El espanto que lo dominó en el segundo sueño señalaba, a su juicio, su sindéresis, o sea los remordimientos de su conciencia en cuanto a los pecados que podía haber cometido durante el curso de su vida precedente. El trueno que oyó retumbar era la señal del espíritu de la verdad que descendía para apoderarse de él».

Mi relación con Josef Popper-Lynkeus

1. Alianza Editorial, Madrid, 2004 (1966).

Revisión de la teoría de los sueños

1. Alianza Editorial, Madrid, 2004 (1966).

Índice

Sigmund
Freud

Ensayo sobre la vida sexual y la teoría de las neurosis

BA 0644

Ninguna teoría acerca del funcionamiento y estructura de la mente ha ejercido tanta influencia ni ha adquirido un estatus tan preponderante como la doctrina psicoanalítica, cuyas categorías y explicaciones no tardaron en convertirse en núcleo de un modo radicalmente nuevo de entender la realidad psíquica que ha marcado de forma notable el siglo XX. Los quince trabajos que integran estos ENSAYOS SOBRE LA VIDA SEXUAL Y LA TEORÍA DE LAS NEUROSIS, ordenados en un solo conjunto por Sigmund Freud (1856-1939), estudian el origen sexual de las neurosis, el papel represor de las instituciones culturales sobre el instinto, la bisexualidad como estructura congénita del hombre, el complejo de Edipo, etcétera.

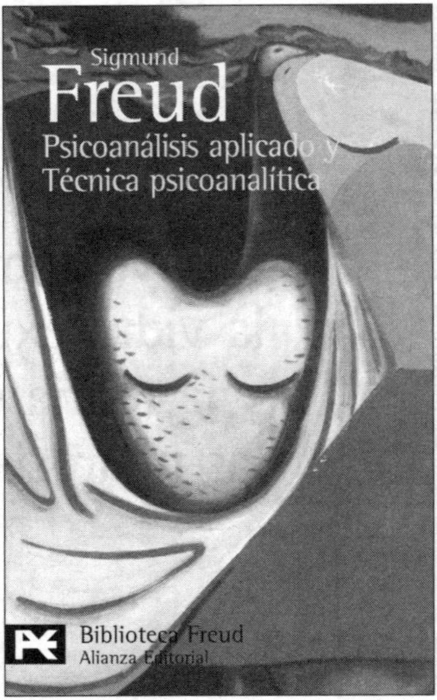

Sigmund
Freud

Psicoanálisis aplicado y Técnica psicoanalítica

BA 0645

Si la primera parte de este volumen ofrece distintos ejemplos prácticos de PSICOANÁLISIS APLICADO expuestos por Sigmund Freud (1856-1939), la segunda recoge once trabajos (entre los que destacan los dedicados al psicoanálisis silvestre, a la utilización de la interpretación de los sueños para el diagnóstico y a la dinámica de la transferencia entre el enfermo y el médico) que explican a especialistas y profanos las reglas básicas a las que ha de ajustarse la tarea clínica, los obstáculos que han de orillarse para lograr una adecuada eficacia terapéutica y los procedimientos que constituyen el bagaje de la TÉCNICA PSICOANALÍTICA.

Sigmund

Freud

Sexualidad infantil y neurosis

BA 0646

Ninguna teoría acerca del funcionamiento y estructura de la mente ha ejercido tanta influencia como la doctrina psicoanalítica; sus categorías y explicaciones se han convertido en el núcleo de un modo radicalmente nuevo de entender la realidad psíquica. Esta recopilación de distintos trabajos de Sigmund Freud (1856-1939), escritos en distintas fechas y desde diferentes enfoques, gira en torno al nexo causal entre SEXUALIDAD INFANTIL Y NEUROSIS, uno de los pilares de la teoría psicoanalítica y campo de batalla elegido por los discípulos que han pretendido revisar, en una dirección que preste mayor atención a los factores históricos y sociales, las enseñanzas de su maestro.